A terra da doce eternidade

HARPER LEE

A terra da doce eternidade

Tradução
Marina Vargas

1ª edição

José Olympio

Rio de Janeiro, 2025

Título original: *The Land of Sweet Forever*

Capa: adaptação do design original de Robin Bilardello

Texto revisado segundo o Acordo Ortográfico da Língua Portuguesa de 1990.

Direitos desta tradução adquiridos pela
EDITORA JOSÉ OLYMPIO LTDA.
Rua Argentina, 171 – 3º andar – São Cristóvão
20921-380 – Rio de Janeiro, RJ
Tel.: (21) 2585-2000.

Impresso no Brasil
2025

CIP-BRASIL. CATALOGAÇÃO NA PUBLICAÇÃO
SINDICATO NACIONAL DOS EDITORES DE LIVROS, RJ

L517t
Lee, Harper, 1926-2016
A terra da doce eternidade / Harper Lee ; tradução Marina Vargas. - 1. ed. - Rio de Janeiro : José Olympio, 2025.

Tradução de: The Land of Sweet Forever
ISBN 978-65-5847-191-2

1. Contos americanos. 2. Ensaios americanos. I. Varg: Marina. II. Título.

25-100115.0
CDD: 810
CDU: 821.111(73)

Carla Rosa Martins Gonçalves - Bibliotecária - CRB-7/4782

Sumário

Introdução, por Casey Cep 7

Contos

O reservatório de água 31
Binóculo 47
Tesoura de picotar 56
Um quarto cheio de ração 69
Os que assistem e os que são assistidos 78
Isso é *showbusiness*? 86
O suprassumo 98
A terra da doce eternidade 112

Ensaios

Amor – em outras palavras 135
Pão de milho com torresmo 141
Natal para mim 143

Gregory Peck 149
Quando as crianças descobrirem os Estados Unidos 152
Truman Capote 156
Romance e grandes aventuras 161
Carta aberta a Oprah Winfrey 172

Introdução

Casey Cep

Quando foi publicado, no verão de 1960, *O sol é para todos* pareceu ter surgido do nada, como uma Atena do Alabama: um romance perfeitamente concebido, de uma escritora desconhecida do Sul dos Estados Unidos, sem nenhum precedente ou antecedente notório. De algum modo, o livro conseguiu tanto pertencer urgentemente a seu tempo quanto ser instantaneamente atemporal, abordando as questões mais turbulentas da época, do Movimento pelos Direitos Civis à Revolução Sexual, ao mesmo tempo que falava no registro do eterno – do despertar moral das crianças e do amor duradouro das famílias aos conflitos entre o indivíduo e a sociedade.

Mas nenhum escritor está imune a influências e aspirações: Harper Lee tinha, é óbvio, vindo de algum lugar e trabalhado arduamente para se tornar alguém. Era apenas porque não gostava de falar sobre si mesma que suas origens pareciam misteriosas e, inevitavelmente, quanto mais sucesso O *sol é para todos* alcançava – tornando-se um best-seller, em seguida ganhando um Prêmio Pulitzer, vendendo um milhão de cópias, depois dez milhões, depois quarenta milhões –, mais teorias e rumores surgiam para preencher seu silêncio. Nos anos que se seguiram ao lançamento do livro, a imagem pública de Lee oscilou entre dois de seus personagens mais queridos: ela era vista ora como a encarnação de sua heroína aguerrida e moleca, Jean Louise "Scout" Finch, ora, em sua aparente reclusão, como uma versão da figura tímida e sombria de Arthur "Boo" Radley. Na ausência de respostas da própria autora, quem ela realmente era e como se tornou escritora foram perguntas que escaparam à forma usual da biografia e adentraram o reino da mitologia.

Como é empolgante, então, nos depararmos com esta cápsula do tempo do início da carreira de Lee: uma coletânea de alguns de seus primeiros contos, publicados aqui pela primeira vez – textos que ajudam a entender como a garotinha da South Alabama Avenue se transformou em uma autora best-seller que encantou gerações de leitores em todo o mundo. Escritos uma década antes da publicação de O *sol é para todos*, depois que Lee se mudou para Nova York, em 1949, os contos, que correspondem aos oito primeiros textos deste volume, apresentam alguns dos personagens e dos cenários que ela logo tornaria famosos, e revelam contradições e conflitos que ela passaria a vida tentando resolver.

* * *

Nelle Harper Lee nasceu em 28 de abril de 1926, a caçula dos quatro filhos de Amasa Coleman Lee e Francis Cunningham Finch. Quinze anos mais nova que a irmã mais velha, cresceu com a sensação de ter tido uma infância muito particular na pequena cidade de Monroeville, Alabama, cerca de cento e sessenta quilômetros ao sul de Montgomery e a anos-luz de distância de Manhattan. Como os irmãos eram muito mais velhos, ela os viu, um a um, realizarem os sonhos dos pais: uma respeitável carreira na advocacia ao lado do pai para a irmã Alice; serviço militar heroico na Segunda Guerra Mundial para o irmão Edwin; um casamento afetuoso e uma vida dedicada ao lar para a irmã Louise. Durante muito tempo, pareceu que Nelle Harper seria a grande decepção da família: abandonou a Universidade do Alabama faltando apenas um semestre para se formar, fugindo para o mal-afamado Norte e deixando para trás o diploma de direito que teria permitido que seu pai acrescentasse um "s" à placa no escritório de advocacia da família. Mas apesar de o A. C. Lee e Filhas nunca ter se concretizado e de ela mesma não ter seguido carreira no direito, acabou criando o advogado mais admirado dos Estados Unidos.

Embora não tenha estudado formalmente escrita criativa, ela aproveitou os anos que viveu em Tuscaloosa para aprender a escrever por conta própria. Tinha uma coluna no jornal da faculdade, *The Crimson White*, e colaborou com esquetes para a revista de humor estudantil *Rammer Jammer*, da qual acabou se tornando editora. Já naquela época, sua curiosidade inquieta e seu vasto repertório intelectual ficavam evidentes em seus escritos – em uma resenha de filmes britânicos recentes, uma paródia de Shakespeare, uma caricatura do secretário acadêmico, uma crítica bem-humorada ao jornal do interior que seu pai editava e do qual era proprietário – e sua assinatura no texto sempre marcava a entrada em um terreno espinhoso: o que se seguia era mordaz e irreverente, assim como a própria Nelle, como era conhecida na época. Uma integrante da fraternidade Chi Omega que corrigia as colegas de república sempre que pronunciavam palavras de forma incorreta, Lee vestia jeans e bermudas em uma época em que as mulheres eram desencorajadas a usar qualquer coisa diferente de vestidos, falava mais palavrão do que toda a tripulação do USS *Enterprise* e, certa vez, escandalizou o campus da universidade ao fumar um charuto no capô de um carro no desfile de boas-vindas aos alunos.

Lee conhecia praticamente uma única pessoa na cidade de Nova York quando se mudou para lá, aos vinte e três anos, mas que pessoa era essa: Truman Capote, que passara parte da infância na casa ao lado da dela e que, mais tarde, serviria de inspiração para o espirituoso e travesso

Charles Baker "Dill" Harris em seu romance. Os jovens escritores se sentiam "pessoas à parte", como Capote diria mais tarde, alfabetizados anos antes de seus colegas, brincando com as palavras da mesma forma que os outros brincavam com bonecas e bolas. Os dois conspiravam entre si para escrever aventuras, contos fantásticos e versos do tipo que tanto gostavam de ler, dos *Bobbsey Twins* a *Beowulf*, dos *Rover Boys* a Rudyard Kipling, martelando as teclas da máquina de escrever que A. C. Lee tinha dado à caçula apaixonada por livros.

Em vez de ir para a universidade, Capote foi direto trabalhar como contínuo na revista *The New Yorker*. Alguns anos mais tarde, Lee também conseguiu um emprego no ramo editorial, embora em uma publicação nem de longe tão célebre: enquanto Capote, ao usar uma capa, escandalizava o editor Harold Ross, e irritava Robert Frost ao perturbar uma de suas leituras de poesia, Lee enfrentava o trabalho maçante de revisar programação de conferências e notícias sobre educação para a revista mensal da American School Publishing Corporation, uma publicação voltada apenas para o setor e intitulada *The School Executive*. Acabou trocando esse emprego por outro, como agente de reservas de uma companhia aérea, algo menos literário, mas teoricamente mais glamouroso. O mesmo não se podia dizer do restante de sua vida: fora do horário de trabalho, das nove às cinco, ela vivia à base de sanduíche de pasta de amendoim enquanto escrevia contos em uma escrivaninha improvisada que montou para si mesma usando dois caixotes velhos de maçã e uma porta que encontrou no porão do prédio.

Escrevendo nessa superfície instável, Lee foi aos poucos firmando a mão. "Eu realmente acredito que meu maior talento está na escrita criativa", disse ela em uma carta enviada à família, com franqueza e segurança, "e estou confiante de que posso ganhar a vida com isso." Como muitos escritores, de início ela recorreu à família e à própria infância como fonte de material: os três primeiros contos desta coletânea se alternam entre uma série de jovens narradores para explorar as normas sociais, as pequenas transgressões e a confusão moral daquilo que, em um de seus contos posteriores, ela denominaria de maneira tão bela "a sociedade secreta da infância". Os conflitos em "O reservatório de água", "Binóculo" e "Tesoura de picotar", todos escritos antes de ela completar trinta anos, são bastante circunscritos – a aprovação dos pais e a aceitação dos colegas –, e os antagonistas não são muito grandiosos: professoras, irmãos, panelinhas no pátio da escola.

Os três contos seguintes, por outro lado, são todos ambientados em Nova York, com narradores adultos, e percebe-se que Lee está tentando acompanhar autores como J. D. Salinger e John Cheever. Além disso, esse trio – "Um quarto cheio de ração", "Os que assistem e os que são assistidos" e "Isso é *showbusiness*?" – mostra que ela vai além de meros acontecimentos e avança em direção a enredos mais elaborados, ao mesmo tempo que explora diferentes vozes narrativas. Elas assumem a forma não exatamente experimental de um monólogo tragicômico sobre uma amiga que deveria ter sido medicada, as provocações e zombarias de uma plateia de cinema no Upper East Side e as conversas entre duas quase desconhecidas no teatro aristotélico de um automóvel parado no trânsito. As pessoas ainda se surpreendem ao saber que Lee passou a maior parte da vida na cidade de Nova York, pegando livros emprestados na Society Library, visitando exposições no Frick e indo até o Queens para assistir a jogos do Mets, e há algo surpreendente e sublime em ler nossa grande cronista da cultura das cidades pequenas escrever sobre a frustração de encontrar um lugar para estacionar em Manhattan, soando exatamente como um Seinfeld sulista.

Personagens tirados diretamente da vida da própria Lee aparecem em todos esses contos. Uma delas ostenta o apelido dado pela família à autora: Dody; outros têm os nomes de seus irmãos: Edwin, Alice e Louise; alguns são versões pouco ou nada disfarçadas de seus amigos, incluindo Ann Hines, que viria a se tornar prefeita de Monroeville. Até mesmo a futura esposa de seu irmão aparece pelo nome: Sarah Ann McCall, que, ainda menina, interpretou o presunto em um desfile de produtos agrícolas da vida real, evento que Lee mais tarde usaria em uma cena crucial no fim de *O sol é para todos*. Sua irmã mais velha, Alice, chamada por toda a família de "Bear" [Ursa], é aqui ligeiramente transformada em "Doe" [Corça], mas permanece instantaneamente reconhecível apesar da mudança de nome. "Ela amava apenas três coisas neste mundo", escreve Lee, "o estudo e a prática do direito, camélias e a Igreja Metodista."

Assim como a hospitalidade e os bolos de pão de ló embebido em bourbon, nomes são uma especialidade sulista, e Lee já tinha um bom ouvido para eles, inventando-os com grande entusiasmo quando não os tomava emprestados. Nos contos, conhecemos Eddie May Ousley, uma "fracassada" que repetiu de ano na escola; uma dupla de professoras chamadas srta. Busey e srta. Turnipseed; e o pastor Irmão Q W Tatum, sem ponto após as iniciais, por favor, com seu quase *minyam* de nove filhos:* Haniel, Job, Habakkuk, Matrid, Jezebel, Mary, Emmanuel e um casal de gêmeos, Hosea e Hosannah.

* * *

O nome pelo qual Harper Lee é mais conhecida aparece pela primeira vez em "Tesoura de picotar", quando conhecemos a "pequena Jean Louie", nossa encrenqueira do terceiro ano, cujo nome parece, estranhamente, ter perdido o "s". Por ora, o mais familiar "Louise", que era o nome da irmã do meio de Lee, é atribuído a outra personagem, uma garota de sobrenome Finley – uma aluna do ensino fundamental desonrada, cuja gravidez escandaliza toda a turma do sexto ano em "Reservatório de água". Em ambas as histórias, as jovens têm dificuldade de lidar com as expecta-

---

* É chamado de *minyam* o quórum necessário, no judaísmo, para determinadas obrigações religiosas, que consiste em dez judeus adultos. (N. *da* E.)

tivas de suas mães, seus pais e vizinhos, embora o tom de Lee seja mais alegre do que melancólico, como convém a essas pequenas comédias de costumes. A narradora de "O reservatório de água" passa a história inteira preocupada com a possibilidade de ter um bebê, pois, logo após a primeira menstruação, abraçou um menino que estava com as calças arriadas. E em "Tesoura de picotar", Jean Louie Finch, confusa em relação às expectativas de cuidado com a aparência impostas pelo gênero, é punida por cortar os cabelos selvagens de uma colega de classe, que já chegavam à cintura, indo contra as objeções do pai tirânico da garota, um homem à moda do Velho Testamento.

No último dos contos desta coletânea, a srta. Finch finalmente se torna "Jean Louise", embora ainda não seja Scout. Todos aqueles que conheceram Harper Lee de perto destacam seu intelecto afiado, e um dos prazeres desse último conto é ver seu brilhantismo revelado no texto – uma narrativa tão repleta de alusões que nem se espera que os leitores compreendam todas elas. O título, "A terra da doce eternidade", vem de um hino religioso, e grande parte da trama, como se emprestada de Thackeray ou Trollope, gira de forma hilária em torno da hinografia. Agora adulta, Jean Louise domina completamente os teólogos anglicanos menos conhecidos, é disparatadamente dogmática no que diz respeito ao ritmo adequado do hino "Doxology" [Doxologia] e mostra-se irritada com alterações à tradição, queixando-se, com falsa seriedade, de que "nossos irmãos do Norte não se contentam apenas com as atividades da Suprema Corte: agora também querem mudar nossos hinos".

Lee é engraçada e incrivelmente inteligente ao falar sobre o conforto e a claustrofobia simultâneos de retornar, já adulta, à casa da infância, ou a qualquer outro lugar da infância, até mesmo à igreja. Na época em que escreveu "A terra da doce eternidade", estava bastante familiarizada com esses retornos, tendo feito muitos deles ao longo da vida. Dois anos depois de se mudar para Nova York, no verão de 1951, o pai havia ligado do Vaughan Memorial Hospital, em Selma, para dizer que a mãe dela havia sido diagnosticada com câncer no fígado e nos pulmões. Antes mesmo que Lee pudesse organizar a viagem para casa, A. C. voltou a ligar, dessa vez para dizer que Frances havia morrido de um ataque cardíaco apenas um dia após receber o diagnóstico; foi somente graças à companhia aérea onde ainda trabalhava que Lee conseguiu chegar a tempo da cerimônia fúnebre.

Seis semanas depois, aquele primeiro telefonema terrível foi seguido por outro, dessa vez informando-a de que seu amado irmão, Edwin, a inspiração para Jem, havia morrido de aneurisma cerebral na base da força aérea onde estava lotado, em Montgomery, deixando esposa e dois filhos pequenos. Lee pegou outro voo para casa, a tristeza e o choque, já consideráveis, agora transbordando. Ela tinha apenas vinte e cinco anos, mas registrar a própria infância nunca havia sido tão urgente, em parte porque, como descreve em "O suprassumo", o pai e a irmã mais velha logo venderam a casa da família, onde ela havia nascido e crescido, mudando-se para uma residência mais moderna do outro lado da cidade. Enquanto Alice continuava a percorrer a curta distância de lá até o escritório de advocacia, na praça do fórum, A. C. ficava em casa e convalescia: enlutado, sofrendo de artrite e logo acometido por problemas cardíacos.

A mudança não ajudou os dois, que eram muito caseiros, a escapar dos fantasmas da South Alabama Avenue, e Lee também era assombrada por lembranças da mãe, do irmão e do mundo como ele era antes de ambos morrerem. Ela se preocupava com o pai e voltava para casa com frequência para ajudar Alice a cuidar dele. Também começou a escrever histórias que tentavam reconciliar o lar que escolhera com o de sua infância, fundindo a subjetividade de seus contos de Manhattan com o cenário dos contos de Monroeville, um trabalho de integração que tentava realizar tanto nas páginas quanto fora delas.

Naquela época, as convicções políticas de Lee ainda estavam tomando forma, especialmente no que dizia respeito às questões morais mais urgentes daqueles tempos. A longa luta pelos direitos civis estava se desenrolando em todo o país, mas de forma particularmente acirrada no Sul profundo e, como muitos americanos brancos, Harper Lee não sabia ao certo como encarar aquilo. Sua cidade natal era rigidamente segregada, com escolas, igrejas e restaurantes divididos por raça; seu próprio pai havia escrito editoriais em que se opunha às leis federais contra os linchamentos, defendia a condenação dos chamados Scottsboro Boys, falsamente acusados de estuprar duas mulheres brancas, e alertava que um departamento nacional de educação poderia impor a dessegregação das escolas.

A sensibilidade política de Lee, ainda em formação, divergia da do pai, mas ainda restava saber até que ponto. Na faculdade, ela havia escrito um pouco sobre os horrores da violência racial e sentia-se à vontade entre os radicais do jornal estudantil, embora só vinte anos mais tarde Vivian Malone e James Hood* fossem ingressar corajosamente na Universidade do Alabama. Ao chegar a Manhattan, no entanto, ela se estabeleceu em uma sociedade mais diversa do que qualquer outra que já tivesse conhecido e brincou sobre se filiar à NAACP [Associação Nacional para o Progresso de Pessoas de Cor]. Até mesmo seus amigos sulistas que viviam lá eram completamente reconstruídos,** e ela se adaptou rapidamente à vida integrada, inclusive desenvolvendo um senso de superioridade moral que levou consigo quando voltou para o Alabama. "Eu me contive para não lembrar a Doe que, nos

---

* Vivian Malone e James Hood foram dois estudantes negros impedidos pelo governador do Alabama de ingressar no auditório da universidade. Em uma tentativa simbólica de cumprir sua promessa de preservar a segregação racial, ele se posicionou à porta com a intenção de bloquear a entrada dos dois. (N. *da* T.)

** A Reconstruction [Reconstrução] foi um período da história dos Estados Unidos, entre 1865 e 1877, logo após a Guerra Civil Americana (1861-1865), durante o qual o principal objetivo era reconstruir o Sul devastado pela guerra, reintegrar os estados confederados à União e lidar com as questões relativas à liberdade e aos direitos civis dos ex-escravizados. (N. *da* T.)

últimos sete anos, tinha vivido na cidade de Nova York", escreve Lee em "O suprassumo", "onde, entre outras coisas, mais de oito milhões de pessoas desfrutam dos benefícios da democracia."

Esse conto – apresentado para publicação no início de 1957, três anos após a decisão da Suprema Corte sobre o caso *Brown vs. Board of Education* e alguns meses antes de o presidente Eisenhower sancionar a primeira legislação sobre direitos civis desde a Reconstrução – aborda diretamente as relações raciais. Nele, duas irmãs de uma cidade pequena, claramente inspiradas em Lee e sua irmã mais velha, Alice, que mal saíram de Monroeville, exceto para frequentar a universidade em Montgomery e a faculdade de direito em Birmingham, se veem desconcertadas diante do jardineiro, Arthur, "um negro ianque" cujos talentos para a horticultura e cujo passado criminoso despertam alternadamente seu preconceito, sua curiosidade e sua compaixão.

Lee foi presciente ao perceber que o movimento pelos direitos civis não era apenas uma cruzada abstrata por justiça, mas uma série de confrontos diretos entre vizinhos; seu sucesso dependia tanto de mudanças nas políticas quanto de mudanças na natureza e nos termos das relações reais. Essa convicção seria concretizada com maestria nas páginas de *O sol é para todos*, o que ajuda a explicar por que o romance foi tão bem-sucedido não apenas comercialmente, mas também culturalmente: Atticus, exemplo de coragem moral para os filhos, tornou-se um exemplo moral também para os leitores, um lembrete de que toda interação humana oferece a oportunidade de obedecermos aos nossos instintos mais nobres.

Em "O suprassumo", no entanto, Lee ainda não havia resolvido nem mesmo sua relação com a família de origem, muito menos seus sentimentos a respeito da luta por justiça social. Em determinado momento, quando a narradora finalmente admite seu próprio desconforto em relação a Arthur, o jardineiro, ela confessa: "Doe disse que era porque eu não conseguia me acostumar com a ideia de ter um negro emancipado tão próximo e isso provava que, não importava quanto tempo vivesse longe de casa, eu sempre seria de Maycomb, no Alabama, ao que eu respondi com um silêncio atípico, pois Doe era uma segregacionista convicta, eu não, e a última coisa que eu queria era uma briga que me afastasse da única família que me restava. Suponho que muitas pessoas como eu tenham aprendido a primeira lição sobre viver em casa hoje em dia: se não concorda com o que ouve, coloque a língua entre os dentes e morda com força." Em última análise, essa história causa desconforto porque, nas linhas finais, a narradora segue o próprio conselho: começa a falar, mas em seguida opta pelo que poderia ser tanto uma condenação silenciosa quanto uma cumplicidade tácita.

* * *

Ao longo de seus extensos rascunhos manuscritos e datilografados desses contos, Lee deixou marcas de edição

– muitas delas pequenas correções e substituições que se espera de qualquer trabalho em andamento, mas algumas revisões mais significativas. Em uma das primeiras páginas de "O reservatório de água", com caneta vermelha, ela substituiu "Monroe County" [Condado de Monroe] por "Maiben County" [Condado de Maiben], uma primeira tentativa de transformar sua cidade natal, Monroeville, no tipo de mundo ficcional onde uma transformação moral fosse possível. Em "O suprassumo", Maiben já havia se tornado oficialmente Maycomb, que logo seria uma das pequenas cidades mais emblemáticas da literatura norte-americana.

Outro tipo de mapa também emerge desses manuscritos. Como enviava os contos para revistas na esperança de publicá-los – desde pequenas publicações, como a *Tomorrow*, até veículos literários consagrados como *Harper's Bazaar* e *The New Yorker*, cuja carta de recusa ela guardou – Lee acrescentava seu endereço à página de rosto de cada um deles, de modo que, em conjunto, esses rascunhos traçam seus primeiros e frenéticos anos em Manhattan: de início, um apartamento sem água quente no número 1540 da 2nd Avenue, no Upper East Side; depois, um quarto no Wolcott Hotel, em Midtown, onde Edith Wharton e Mark Twain já haviam morado; e, por fim, um apartamento no terceiro andar de um prédio sem elevador no número 1539 da York Avenue, onde pagou um aluguel de cerca de vinte dólares mensais durante cinco anos e onde escreveu tanto *Vá, coloque um vigia* quanto *O sol é para todos*.

Por muito tempo, esses contos foram apenas títulos intrigantes, datilografados em uma ficha manchada e borrada, guardada nos arquivos de seus agentes, Annie Laurie Williams e Maurice Crain. Um deles ainda traz uma etiqueta de endereço da agência de Crain afixada na primeira página. "Lee, Nelle Harper, srta.", uma secretária anotou à época, havia entregado alguns manuscritos alguns dias depois do Dia de Ação de Graças de 1956 e os recolhera uma semana mais tarde. "A autora é uma mocinha sulista simpática do Alabama", Crain observou em um memorando da agência: "Diz 'Não, senhora', 'Sim, senhora'." Nenhum dos contos listados no arquivo chegou a ser publicado e, durante décadas, estudiosos e biógrafos se perguntaram o que teria acontecido com eles. Quatro são finalmente publicados aqui; junto com os outros quatro, foram encontrados no último apartamento da romancista na cidade de Nova York, localizado no número 433 da East 82nd Street, para onde ela se mudou no ano em que *O sol é para todos* foi publicado e onde viveu por mais quatro décadas, até que um derrame a fez retornar definitivamente para o Alabama.

Felizmente para a posteridade, Lee era uma acumuladora: quando o apartamento foi esvaziado, em meio a pilhas de correspondência e praticamente todos os contracheques, contas de telefone e cheques cancelados que já haviam sido emitidos em seu nome, estavam seus cadernos e manuscritos, incluindo os oito contos e os oito textos de não ficção reunidos aqui. Os ensaios exploram alguns dos mesmos temas de sua ficção, com reflexões sobre infância, família, amizade, história do Sul, a vida intelectual e o *status* moral, por assim dizer, dos Estados

Unidos. Ao contrário dos textos de ficção, os textos de não ficção haviam sido todos publicados anteriormente: Lee escreveu para a *Vogue*, colaborou em um livro de receitas junto com Lillian Hellman, William Styron e Marianne Moore; discorreu sobre seu historiador favorito; escreveu perfis de seus amigos famosos Gregory Peck e Truman Capote; e contou à revista *O Magazine* a história de como aprendeu a ler. Já um tanto rabugenta em seu papel de grande dama da literatura, ela adotou o mesmo tom mordaz da coluna "Caustic Comment" que escrevia para o jornal na época da faculdade: "Oprah", escreveu, "você consegue se imaginar aconchegada na cama para ler em um computador? Chorar por Anna Kariênina e ser aterrorizada por Hannibal Lecter, adentrar o coração das trevas com o sr. Kurtz, receber um telefonem de Holden Caulfield – certas coisas devem acontecer em páginas macias, não em metal frio."

Esses ensaios deixam evidente que, nas décadas seguintes a *O sol é para todos*, Lee teve a carreira que sempre desejou, mesmo que seus fãs nunca tenham recebido dela a carreira que esperavam. Sua obra-prima foi adaptada em um filme premiado e de grande sucesso, nunca saiu de catálogo e foi traduzida para dezenas de idiomas, atravessando limites e fronteiras e se consolidando tanto em currículos escolares quanto nas estantes de milhões de lares ao redor do mundo. Mas ela nunca escreveu a continuação ou o segundo romance pelo qual tantos de seus admiradores ansiavam, e quando, aos oitenta e nove anos, finalmente publicou outro livro, foi *Vá, coloque um vigia*, o primeiro que havia escrito, originalmente enviado às editoras no mesmo ano que "Binóculo".

* * *

"Sou mais reescritora do que escritora", Lee afirmou certa vez, explicando que costumava produzir pelo menos três rascunhos de cada texto. Como isso sugere, ela era dedicada ao trabalho e, pelo menos no início, incrivelmente disciplinada. "Em geral, sou bastante produtiva todos os dias", escreveu em uma carta para uma de suas irmãs em outubro de 1950: "se eu me pagasse hora extra, estaria rica". Em seguida, descreveu um dia típico de trabalho na época:

> Por volta do meio-dia, começo a trabalhar no primeiro rascunho. Até a hora do jantar, geralmente já coloquei minha ideia no papel. Então, faço uma pausa para um sanduíche ou uma refeição completa, o que varia caso eu ainda precise pensar mais sobre a história ou apenas terminá-la. Depois do jantar, trabalho no segundo rascunho, o que às vezes significa recomeçar do zero e reconstruir a história de uma forma totalmente diferente, ou simplesmente continuar trabalhando até que tudo esteja do jeito que eu quero. Em seguida, datilografo novamente em papel branco, seguindo as normas de formatação de manuscritos, e corro para enviá-lo pelo correio. Isso pode parecer simples, mas às vezes trabalho até de madrugada; em geral termino por volta das duas ou três da manhã.

Parte desse trabalho árduo é visível aqui, não apenas nos manuscritos físicos em si, mas ao compararmos os primeiros contos com seus romances publicados. "Binóculo", por exemplo, foi resumido e adaptado no confronto pedagógico do segundo capítulo de *O sol é para todos*, quando a professora do primeiro ano de Scout fica frustrada com o fato de ela já saber ler. Da mesma forma, "A terra da doce eternidade" se transformou em uma cena marcante no sétimo capítulo de *Vá, coloque um vigia*, quando Scout retorna a Maycomb vinda de Nova York.

Mas o conto do título também foi reaproveitado, de forma menos evidente, em *O sol é para todos*, quando Scout e Jem acompanham a empregada negra da família à Primeira Igreja Metodista Episcopal Africana. Construído por ex-escravizados, o espaço de culto tinha sido a "primeira aquisição" deles após a emancipação; em grande parte analfabetos e sem recursos para hinários, os fiéis cantavam em forma de chamada e resposta, prática ainda mantida uma geração depois, quando Calpúrnia leva as crianças Finch ao culto dominical. "Há uma terra além do rio", entoa seu filho Zeebo, liderando o coro, "que chamamos de doce eternidade." Lee, então no auge de seu talento como romancista, adentrou um espaço sagrado desconhecido, levando consigo seus personagens centrais, um raro momento de integração em um mundo rigidamente segregado. Um hino antes usado para efeitos cômicos aqui se torna uma linguagem comum, uma esperança compartilhada. Lee escreve, de maneira belíssima, que a voz do cantor era "como o ribombar de uma artilharia distante" e, olhando hoje em retrospecto, os leitores sabem que as tropas viriam em seguida, todos aqueles homens e mulheres corajosos que lutaram por justiça e igualdade neste lado do paraíso.

É preciso muita paciência e uma intuição infalível para transformar um fragmento de história em algo tão perspicaz e comovente. Pelas páginas de título e pelos registros de sua agência literária, sabemos que Lee passou sete anos escrevendo e revisando esses contos e, depois de eles chamarem a atenção de seu agente e de ele tê-la incentivado a tentar algo mais longo, passou outros três anos transformando os contos em capítulos, e os capítulos em romances – primeiro *Vá, coloque um vigia* e depois *O sol é para todos*.

Tudo isso teria levado ainda mais tempo se não fosse por um presente extraordinário que Lee recebeu e que ela descreve em um dos melhores ensaios desta coletânea: "Natal para mim". Entre seus amigos mais próximos em Nova York estava o casal Michael e Joy Brown, que havia muito apoiavam sua carreira. Foi Michael Brown, renomado letrista e compositor, quem apresentou Lee a seus agentes literários, pouco antes do Dia de Ação de Graças de 1956; ele e a esposa se encantaram tanto com seus contos quanto com as cartas memoráveis que ela lhes enviava do Alabama – pequenas obras-primas do gênero epistolar, cheias de detalhes e humor, observações sociológicas perspicazes e uma ternura surpreendente.

Os Brown e Lee tinham o hábito de passar o Natal juntos e haviam criado uma tradição: competir para ver quem conseguia dar o presente mais barato e, ao mesmo tempo, mais inusitado. Naquele ano, Lee tinha gastado 35 centavos de dólar em um retrato de um clérigo inglês obscuro para Michael e comprara, por uma ninharia, um exemplar da obra completa de uma aristocrata britânica um pouco menos obscura para Joy. Quando chegou a vez de entregarem o presente da escritora, os Brown apontaram para um envelope pendurado na árvore. Parecia modesto por fora, mas, na verdade, eles haviam rompido radicalmente com a tradição – dentro havia um bilhete que dizia: "Você tem um ano sem precisar trabalhar para escrever o que quiser. Feliz Natal." Naquele mês, e em praticamente todos os meses do ano seguinte, eles lhe enviaram um cheque de cem dólares, cinco vezes o valor de seu aluguel, insistindo que não queriam nada em troca.

Durante décadas, esse presente pareceu espantoso, um ato tão generoso que beirava o absurdo. Agora, porém, com a redescoberta desses contos, podemos enxergar o que os amigos de Lee identificaram tantos anos atrás: um pai advogado que ainda não se chamava Atticus, mas que já personificava integridade de caráter e ensinava aos filhos pequenos noções de direito processual civil; uma poeta menor de uma cidade pequena que briga com o tipógrafo do jornal local por causa da adequação e permissibilidade teológica de publicar obituários de vacas; uma filha do Sul tentando conciliar os costumes da região à sua própria moral em formação; vislumbre após vislumbre após vislumbre de genialidade. Não é de se admirar que os Brown tenham dado aquele presente a Harper Lee; não foi mais generoso do que o dom que ela mesma possuía.

3

which she cultivated silently for three months, and its Methodist Church, where she went every Sunday and sang hymns at the top of her voice.

There is nothing like a blood-curdling hymn to make one feel at home. All sense of isolation withers and dies in the presence of some two hundred sinners earnestly requesting to be plunged beneath a red, redeeming flood. While offering to the Lord the results of Mr. Cowper's hallucination, or declaring it was Love that lifted her, Jean Louise shared the warmness that prevails among diverse individuals who climb into the same boat for one hour each week.

She was totally unprepared for what happened immediately after collection on the Sunday before the Friday she was due to return to New York. Maycomb Methodists sing what they call The Doxology in lieu of the minister praying over the collection plate to spare him the rigors involved in inventing yet another prayer, since by that time he has uttered three healthy invocations. From the time of her earliest ecclesiastical recollection, Maycomb Methodists had sung The Doxology in one way and in one way only:

Página do original do conto "A terra da doce eternidade", p. 112.

CONTOS

O reservatório de água

De onde estava sentada no pátio da escola, Abbie pensou que conseguia ver o céu e os campos esturricados tremeluzir onde se encontravam. Estava quente demais para jogar bola. Ela gemeu e esticou as pernas sobre a grama amarelada, perguntando-se por que seus dedos eram tão grandes – desproporcionais em relação ao restante do pé. Ela não era uma criança que alguém teria vontade de tocar: as unhas de seus dedos rombudos estavam roídas e havia várias cicatrizes vermelhas na pele áspera dos nós combinando com as dos joelhos. Os cabelos castanhos estavam desalinhados na testa, onde a franja crescera demais, e seus olhos eram enormes, afundados no crânio, as pálpebras tão pesadas que pareciam semicerradas. As pessoas diziam que ela tinha um ar lento.

Havia um grande grupo de meninas espalhadas ao seu redor, descalças, vestindo roupas de algodão desbotadas.

Eram do Grupo Dois do sexto ano, meninas de quinze e dezesseis anos que passavam metade do ano colhendo algodão e aprendendo o que conseguiam no restante do tempo: tornozelos grossos, rostos vermelhos, mãos rosadas e brilhantes, cabelo ressecado. Naquele ano, as companheiras de Abbie eram o Grupo Dois; sua maneira rude de falar e a sabedoria da roça, que as diferenciavam das outras crianças da cidade, a fascinavam. Sem perceber, Abbie lhes dava em troca exatamente o que seus pais queriam para elas: uma amiga da cidade que iria para a faculdade e um dia se casaria com um dentista ou um advogado, ou ao menos voltaria para casa e se tornaria secretária no Banco do Condado de Maiben.

A mais velha das meninas soltou um suspiro e se arrastou até Abbie.

— Dá licença – disse ela. – O chão tá tão quente que não dá pra sentar.

Quando Maybelle se acomodou no banco de pedra cinza, Abbie sentiu o cheiro de água de colônia Hoyt misturado com suor.

— É melhor a srta. Nash não sentir esse cheiro em você, Hawkins – disse ela.

Maybelle bufou.

— Ela só proíbe a gente de usar porque ela mesma tá de olho no Raymond Walters.

Raymond era o garoto mais velho e mais alto da Escola Primária do Condado de Maiben: dezessete anos e um metro e oitenta de altura.

Naquele ano, o Grupo Dois passou a ir à escola com cabelos frisados e estojos de maquiagem, que a srta. Nash achou por bem confiscar de imediato.

— As crianças mais novas – dissera ela em uma de suas inúmeras conversas particulares – admiram vocês, meninas mais velhas, e vocês têm uma grande influência sobre elas, para o bem ou para o mal. Vamos fazer com que seja para o bem, certo?

— Ela não pode fazer nada contra mim – disse Maybelle em tom beligerante. – Eu dou com a enxada no traseiro dela.

As meninas riram baixinho.

— Olha, é melhor ficar longe dela hoje. Eu a vi comendo aquela coisa que parece giz de novo, tá com indigestão.

— A srta. Nash pode ir se lascar. Ei, Ab, ficou sabendo da Louise Finley? Todo mundo tava falando disso no ônibus hoje de manhã. – Os olhos azuis de Maybelle brilharam.

— Não, quem é?

Maybelle apontou com o dedo rosado para o prédio do ensino médio.

— Ela tá no nono ano. É irmã mais velha da Mildred.

Abbie fez que sim com a cabeça. Mildred Finley era uma aluna do quarto ano, de olhos esbugalhados e vinda de Mexia, que tinha causado rebuliço no primeiro dia de aula por não saber dar descarga no vaso sanitário.

— É? E o que é que tem ela? – perguntou Abbie.

— Então... Ei, gente, acorda! Vocês não tão sabendo da Louise Finley? – Os vestidos de algodão surrado se aproximaram. Maybelle se inclinou na direção delas e disse: – A Louise Finley vai ter um bebê, e eu sei quem é o pai!

As meninas soltaram gritinhos, e Maybelle saboreou a reação. Seus braços roliços abafaram todos os "quem te contou?" e "onde você ouviu isso?".

— E tem mais – continuou ela – a Louise vai ser mandada pra um lar pra mães solteiras lá em Mobile amanhã. É óbvio que o pai dela mandou o xerife atrás do filho dos Eddard... foi ele que fez isso. E sabe como o sr. Finley descobriu? A Louise contou pro dr. Simmons, e ele contou pro meu pai, e eu ouvi o meu pai contar pra minha mãe. Minha mãe quase teve um troço e disse que era uma vergonha pros cristãos, que os Finley deviam ser banidos pelo Estado, e falou que a culpa era do sr. Finley, que deixou a filha solta por aí, e disse que o sr. Finley nunca mais vai poder andar de cabeça erguida! – Maybelle passou a língua pelos lábios. – Vou dizer só uma coisa – disse ela lentamente – é melhor a Mildred e a Louise Finley não darem mais as caras na comunidade de Mexia. Elas são uma vergonha para este condado, isso sim!

Abbie ficou nauseada.

— A Louise é mais ou menos da sua idade, não é?

— É. Uns meses mais nova, eu acho.

Abbie ficou confusa, seus olhos se arregalaram e ela esfregou a nuca.

— Mas a Louise não pode tá esperando um bebê. Ela nem é casada, Maybelle.

Maybelle sorriu para as meninas.

— Mas lógico que pode, sua burra. – Respirando fundo, ela acrescentou baixinho: – Olha só, querida, depois que faz doze anos, você pode ter um bebê a qualquer momento. Sério, eu podia ter tido um quando tinha onze... É só um homem te abraçar e... Abbie, a sua ainda não veio?

— Veio. Mês passado.

— Bom, então você devia saber.

— Como assim, Maybelle? Saber o quê? – As mãos suadas de Abbie torceram a barra do vestido até ela virar uma maçaroca de tecido sujo. Seu estômago revirou enquanto um peso se abatia sobre seus ombros. As tranças loiras de Maybelle pareciam se destacar contra o céu, e o prédio do colégio atrás dela se deslocou um pouco.

— Tá bom – as tranças balançaram – presta atenção e guarda bem: se um homem toca você depois que a sua já veio, é fato que você vai ter um bebê! – Maybelle bateu a palma da mão no banco com força.

O rosto de Abbie ficou pálido, e ela ouviu a própria voz vindo de dentro do prédio da escola.

— Você quer dizer que se um garoto te pedir pra...?

— Isso mesmo. E se você fizer, vai ter um bebê. – As tranças balançaram para a frente e para trás, triunfantes. – Aquela Louise Finley... Ei, o que foi, Ab?

Ela recobrou os sentidos, sentindo um pano úmido contra o rosto e o mau hálito da srta. Nash sobre suas pálpebras. Abbie sentiu alguém levantando-a do chão.

— Vou mandar você pra casa – disse a srta. Nash. As coisas voltaram aos seus lugares: – Você consegue voltar pra casa sozinha?

— Sim, senhora. – Abbie morava na esquina da escola, a apenas uma curta caminhada de distância.

— Diz pra sua mãe que você passou mal porque estava muito quente aqui fora – disse a srta. Nash, os dentes falsos, brancos e grandes, sorrindo para ela.

Com as mãos na cintura, a sra. Henderson esperou que Abbie subisse os degraus e entrasse no corredor fresco e escuro.

— Você andou brigando de novo? – perguntou ela. – A srta. Nash ligou e disse que você estava voltando pra casa e que ia me explicar o que aconteceu. – A sra. Henderson a empurrou pelo corredor.

— Eu desmaiei, mamãe.

A expressão severa da mãe se desfez.

— Ah. É melhor eu te dar alguma coisa. Vai deitar.

Ela cuspiu quase toda a mistura leitosa de água com amônia de volta no copo, se virou de barriga para baixo e ficou quieta até a sra. Henderson sair do quarto.

Quando a porta se fechou com um rangido, Abbie cerrou os olhos. Tremia violentamente debaixo do lençol; um nó subiu por sua garganta e ela abriu a boca para deixá-lo sair com um suspiro. *Ah, Deus*, rezou, *não deixa isso acontecer! Não deixa! Eu faço qualquer coisa se o Senhor não deixar...!* O peso nos ombros se espalhou lentamente pelos braços; os joelhos e as coxas doíam. *Por favor, Deus, eu quero morrer... Eu não queria. Eu não sabia... Ah, Deus.* Eles iam mandá-la para Mobile e ela nunca mais os veria. Tinha acontecido com a filha dos Ames... Os Ames foram embora do Condado de Maiben e nunca mais voltaram... Todo mundo no condado conhecia os Henderson; eles teriam que se mudar para Barbour – não, o tio Dick morava lá... O que fariam sem ela? Ela imaginou o pai voltando do trabalho, olhando para a rua, esperando ver Abbie correr ao seu encontro, mas vendo apenas o armazém dos Brantley. Ele entraria em casa e tiraria o chapéu de palha. "Querida", diria. "Na cozinha, Jim", responderia a esposa. Quando o sr. Henderson a tocasse, ela choraria. Eles ficariam sentados sozinhos na sala, noite após noite, imaginando o que teria acontecido com Abbie em Mobile...

Abbie gemeu e soltou outro suspiro. Todos os palavrões que conhecia ecoavam em sua mente – o que realmente significavam? A verdade era: ela ia ter um bebê, não tinha jeito. Ah, Deus, o que o pai e a mãe iam dizer?

E o que seria de Ed Dennis? Ele não tinha feito por querer, não teria feito aquilo se soubesse. Até aquele dia, ela tinha se esquecido de Ed Dennis, com a calça desabotoada, abraçado a ela, já fazia tanto tempo. Não, tinha sido na última terça-feira à tarde. Eles estavam jogando bola no quintal e, cansados, se deixaram cair no chão atrás da garagem.

— Abbie – dissera ele. – Deixa eu te ver... Eu só quero saber como é uma menina.

Agora, se descobrissem, o xerife ia jogar ele na cadeia imunda da cidade, por causa dela. Coitado do Ed, não tinha feito nada de errado. Eles se conheciam desde que nasceram, e quando Ed fez um corte feio até à metade da perna, Abbie levou um presente de "melhoras" para ele.

Ela pensou em tudo a respeito de Ed Dennis: o pai administrava o posto de gasolina Cas-A-Loma na saída da cidade e não tinha dois dedos; a mãe frequentava a Igreja do Nazareno; ele tinha duas irmãs adultas...

Ela virou de costas e ficou olhando para os nós no teto de madeira azul. Conta as rachaduras, pensou, como naquela vez em que você teve escarlatina. Conta as rachaduras e elas vão se transformar em dias, o bebê vai chegar e todo mundo vai descobrir...

A sra. Dee Peavy, do outro lado da rua, vai correr para contar à sra. Burkett sobre a vergonha dos Henderson, e elas vão ficar olhando para o seu pai quando ele voltar do trabalho... De repente, ela começou a rir e se sentou.

Chutou o lençol para longe e se levantou da cama: bom, isso ia demorar pelo menos uma semana para acontecer e, quando acontecesse, ela esconderia o bebê debaixo da casa, perto da chaminé!

— Mamãe – ela chamou... – Eu já tô me sentindo melhor, posso levantar?

— Não, fica aí mais um pouco – disse a voz da sra. Henderson de dentro da cozinha.

Ela voltou a se deitar na cama. A tensão foi se esvaindo pelas pontas dos dedos, deixando-a cansada. Logo ela adormeceu.

Mas sua confiança durou pouco. Na escola, as discussões diárias com o Grupo Dois confirmavam: se alguém tinha um bebê quando não devia, essa pessoa era mandada, por lei, para um abrigo, e o pai perdia o emprego. Ele não conseguia trabalho em lugar nenhum, porque o que aconteceu o perseguia para sempre. Os bebês? Ah, eles cresciam dentro da sua barriga e nasciam quando você ia ao banheiro. Doía muito. Sim, qualquer garoto com mais de doze anos podia te dar um.

O pai dela jurava que não sabia o que havia de errado com aquela garota. Por que de uma semana para a outra ela tinha ficado amuada? Quando não estava andando de um lado para outro cabisbaixa, ficava sentada nos fundos da garagem. Quando ele chamava o nome dela, ela olhava como se esperasse que ele fosse bater nela.

— Ah, você sabe o que é, Jim – disse a sra. Henderson. – Não faz muito tempo que ela começou e ainda não tá acostumada.

— Mas você explicou tudo, não explicou? – Jim Henderson achava que sabia como meninas se comportavam, mas nunca tinha visto uma reagir como Abbie.

— Eu achava que sim – respondeu a mãe dela.

Quando aconteceu, a primeira reação dela foi de incredulidade, depois horror. A mãe a havia colocado na cama e dito a ela que aquilo se repetiria todo mês. Abbie estava assustada demais para fazer muitas perguntas, e a mãe se limitou a responder as que ela fez. Jim Henderson riu ao se lembrar de como Abbie tinha ido falar com ele em busca de confirmação. Ele teve muita dificuldade em convencê-la de que era algo natural, que acontecia com todas as meninas, que ela não precisava parar de jogar bola, mas só não exagerar dali em diante... "Afinal, Abbie, você está crescendo."

Ela tinha gritado: "Eu não quero crescer se é isso que acontece o tempo todo!" E tinha saído correndo de casa. Naquela noite, na hora do jantar, Jim Henderson a encontrou agachada nos fundos da garagem, encostada na parede. Foi difícil convencê-la a entrar.

Para piorar a situação, todos na escola tinham ficado sabendo por que ela havia faltado à aula: quando ela se recusou a jogar taco durante o recreio, Edd Dennis abriu um sorriso e cochichou algo para Raymond Walters. Raymond riu e olhou para Abby.

Agora, todos os dias ela ficava sentada na sala de aula olhando distraída para recortes laranja que algum aluno da sexta série havia colado na lousa muito tempo atrás. Sua saia estava sempre manchada de terra onde ela a esfregava, suas palmas não paravam de suar.

No purgatório entre a vigília e o sono, encontrava paz, mas quando estava completamente acordada, tudo retornava e a encarava de volta. Às vezes, durante o dia, quando havia uma aula de história interessante ou um jogo de bola disputado, ela esquecia por um tempo. Todo sábado à tarde, quando era o caubói Hoot Gibson, ela esquecia, mas aquilo voltava a surgir como um lampejo na tela quando os últimos tiros se dissipavam. Maybelle tinha dito que havia um médico no condado que deitava você em uma mesa de cozinha e cortava sua barriga por cinquenta dólares, mas quem tinha cinquenta dólares? Ela se lembrou do domingo em que o sr. Q W Tatum pregou sobre Garotas Perdidas e disse: "Mães, alertem suas filhas! Filhas, obedeçam a suas mães!"

Abby procurava o bebê todas as manhãs quando acordava, e rezava para que ele saísse enquanto ela apertava com força o abdômen. Rapidamente reuniu mais informações obtidas com o Grupo Dois; às vezes havia notícias animadoras: sua barriga inchava e você ficava enjoada de tempos em tempos. A barriga de Abby estava tão plana que os ossos do quadril ficavam salientes. Além de uma sensação de vazio perto das costelas, ela se sentia bem. Às vezes, você ia a um hospital e o bebê era retirado, mas só pessoas ricas podiam pagar por isso. Levava nove ou dez meses para um bebê nascer, em alguns casos um ano: essa tinha sido a informação mais encorajadora até aquele momento – Abbie tinha tempo.

Até onde sabia, nem a mãe nem o pai suspeitavam de nada. Ela podia ver a expressão terrível no rosto do pai se contasse a ele – talvez ele a trancasse na garagem e a deixasse morrer, e dissesse ao xerife que ela tinha se perdido e só fora encontrada três dias depois. Talvez ele a sufocasse com um travesseiro – não, ele não faria isso. Ele a mandaria embora.

— Papai – ela disse uma tarde, enquanto pegava sua moeda para o sorvete diário –, como se chama quando alguém mata um bebê? – Ela olhou para o Código Penal do Alabama nas prateleiras do escritório.

— Assassinato. – Jim Henderson largou o jornal e olhou para Abby.

— A pessoa vai pra prisão por causa disso, não vai?

— Com certeza, se não for executada na cadeira elétrica. – Uma ruga surgiu entre suas grossas sobrancelhas pretas. – Sabe, Abby, matar uma criança é como matar um homem adulto.

— Sim, senhor. Eu só estava pensando em uma coisa...

— Parece que você anda pensando em coisas estranhas ultimamente, Abby – disse ele. Era melhor que ela soubesse logo. – O que está acontecendo com você? Faz semanas que anda abatida. Não come, está parecendo um espantalho, anda respondendo sua mãe e não faz nada que ela pede. Se não tomar cuidado, vai acabar levando uma dose de óleo e uma cintada no traseiro. – O jornal estalou quando ele o pegou de volta. A criança mais estranha que ele já tinha visto.

— Sim, senhor. – Abby olhou para o chão.

— Bem, agora vai, estou ocupado.

Ela atravessou a pequena praça arborizada até o consultório do dr. Simon. Ficou parada na porta, balançando a porta de tela para a frente e para trás.

— Oi, tio Charlie! – disse ela.

O dr. Simon se virou.

— Você chegou bem na hora de tomar conta do consultório, Abbie. A srta. Metts e eu temos que atender uma paciente.

Abby passou o dedo pelo nariz.

— Vão demorar?

— Não sei dizer. Se nós não voltarmos até as cinco, é só passar o trinco na porta. – O dr. Simon procurou no bolso, encontrou uma moeda de vinte e cinco centavos e a colocou sobre a mesa com um movimento vigoroso. – Tchau. E não mexa em nada, ouviu?

Quando o dr. Simon e a enfermeira entraram no carro, Abbie pulou da cadeira de vime. Ela adorava explorar as gavetas repletas de bandagens brancas, correr os dedos por instrumentos reluzentes e tubos no armário de vidro, mas naquela tarde ela puxou um livro com encadernação em couro vermelho intitulado *Doenças femininas* e começou a folhear as páginas. Fotos de mulheres inchadas envoltas em lençóis brancos, instrumentos que pareciam pinças de gelo, facas longas e finas e feridas abertas e sangrentas saltaram diante de seus olhos. Ela jogou o livro no chão, correu para a porta dos fundos e inclinou a cabeça sobre os degraus. Limpou a boca, depois correu para casa e ficou sentada nos fundos da garagem até escurecer.

A ideia lhe ocorreu numa tarde em que a sra. Henderson a mandou ao depósito de gelo. Enquanto puxava o carrinho pela rua, Abbie olhou para a torre do reservatório de água da cidade, a estrutura mais alta em todo o Condado de Maiben. Franziu a testa por um instante, em seguida colocou a mão na barriga. Diziam que dava para ouvir o coração do bebê bater – o próprio pulso dela martelava forte sob os dedos. Estava lá, não adiantava negar. Nada o faria sair: ela havia tentado bater na barriga tantas vezes, mas ele só sairia quando estivesse pronto. Maybelle disse que dava para saber quando um bebê começava a vir, e não haveria um se…

Ela olhou atentamente para a torre do reservatório, cor-de-rosa e prateada sob o sol do fim de tarde: Companhia de Água de Maiben, dizia a inscrição, oscilando com o céu ao fundo. Ela puxou o carrinho até a base e saltou para o primeiro degrau da escada de ferro da torre. Agarrou as laterais de aço estreitas e subiu depressa; ficaria com marcas vermelhas nos pés se não se apressasse, os degraus da escada estavam quentes. Na metade da subida, olhou para baixo: o chão se movia. Olhou para cima: o reservatório continuava balançando. Abbie fechou os olhos e continuou a escalar até sua cabeça bater na grade da plataforma.

Toda a cidade se estendia abaixo dela: a cúpula branca do tribunal se elevava acima dos carvalhos cansados; o telhado de alcatrão do consultório do tio se deformava e rachava com o calor; estabelecimentos comerciais com telhados de zinco se aglomeravam ao redor da praça. Lá estava sua casa à esquerda, as árvores de cinamomo no quintal arenoso, a velha garagem e, ao lado, sua casinha de brincar. Ela pensou ter distinguido o sr. Ben Watts andando pela rua, mas não teve certeza.

Maybelle tinha dito que a barriga doía antes de o bebê sair, ela pensou. Quando isso acontecer, talvez eu tenha tempo de chegar até aqui. Vão sentir minha falta, mas não suporto a ideia de ir para Mobile. Ela riu: as lágrimas em seus olhos faziam a praça parecer absurda e trêmula, então ela enxugou os olhos. Um inseto voando a toda velocidade se chocou contra sua bochecha.

— Droga – disse ela, e limpou os restos verdes com a manga.

A Igreja Metodista estaria cheia no funeral dela, os Henderson conheciam todo mundo. Ramos pendentes de salsaparrilha cobririam a galeria do coro para esconder a srta. Eva Kilpatrick e o órgão da congregação, e o sr. Q W Tatum pregaria em lamentos baixos. Em silêncio, a família passaria pelo caixão aberto para vê-la pela última vez, e a um aceno de cabeça de seu pai a tampa do caixão seria fechada. Seus primos a carregariam para fora da igreja, os carregadores de caixão honorários recolheriam as flores, a congregação se levantaria e sairia em fila, mas todos sempre se lembrariam de

ABBIE CATHERINE HENDERSON
NASCIDA EM 1925 FALECIDA EM 1938
JESUS A AMAVA

Você morre quando está caindo ou só morre quando se choca contra o chão?

Quando se choca contra o chão, com certeza. O restolho verde-amarelado lá embaixo parecia macio, como uma colcha de retalhos cobrindo o chão. É engraçado como a grama cresce em círculos ao redor da areia.

O céu começou a escurecer enquanto ela descia. Ouvia apenas sua respiração pesada e o baque suave dos pés descalços nos degraus. Quando chegou ao chão, saltitou por um momento com cada pé para dissipar o impacto nos dedos e nas pernas.

Abbie sorriu ao tomar o caminho de volta para casa. O bebê avisaria quando quisesse vir, Maybelle tinha dito que era assim, e ela teria tempo. Catou algumas pedras achatadas e atirou uma bem rente ao chão para que saltasse. Viu um cachorro caramelo e atirou uma nele. Riu quando ele soltou um ganido, depois suspirou profundamente. Afinal, você não precisa pensar em nada enquanto cai.

Binóculo

Meu irmão era seis anos mais velho que eu, um menino magro, com cabelos castanhos que só começou a usar penteados para trás, molhados, quando completou quinze anos. Toda noite, minha inveja dele atingia o ápice quando, à mesa do jantar ou na sala de estar, antes de dormir, ele contava o que tinha acontecido na escola naquela manhã, invariavelmente mencionando a srta. Busey e a srta. Maxwell, duas das professoras do ensino fundamental.

Eu não conhecia nenhuma das duas: a srta. Busey morava na área da cidade chamada The Ridge, e a srta. Maxwell vivia com a mãe em Mexia, Alabama. Ambas pegavam o ônibus escolar até a cidade todas as manhãs: Mexia e The Ridge ficavam a cerca de quinze quilômetros de Maiben, a sede do condado, onde ficava a escola.

Durante quase um ano, eu as havia observado todos os dias letivos através da cerca dos fundos. Nossa casa ficava na esquina da escola, perto o suficiente para ouvirmos o sinal do recreio e do almoço. Por entre as ripas da cerca, eu via formas baixas vermelhas, marrons e amarelas brincando durante o recreio e ao meio-dia no chão de barro duro do pátio. Às vezes, duas figuras femininas escuras saíam juntas pela porta e caminhavam pela calçada de concreto em frente ao prédio da escola. Aparentemente, estavam supervisionando as crianças; quando uma das mulheres levantava o braço, uma criança deixava o grupo e corria até elas. Conversavam por um instante, depois a criança voltava a brincar.

No Natal, pedi e ganhei um binóculo preto de brinquedo da minha irmã mais velha, que morava em Birmingham. Eram potentes o suficiente para aproximar os rostos do pátio, e na maior parte do tempo eu os mantinha apontados para a porta da frente, esperando que a srta. Busey e a srta. Maxwell aparecessem nos dois círculos de luz que se fundiam. Edwin, meu irmão, tinha dito que eu teria aula com a srta. Maxwell no primeiro ano, mas teria que esperar até o quinto ano para ter aula com a srta. Busey. Ela tinha sido professora dele no ano anterior. "Ela não é lá essas coisas, Dody", ele disse. "Espera só até você chegar no sétimo ano. Eles têm um professor principal e trocam de sala a cada aula."

A ideia de esperar tanto tempo pela srta. Busey não me afligia quando eu pensava no longo e sonolento ano que passaria na sala da srta. Maxwell. Certa vez, enquanto espiava através do binóculo, vi a srta. Maxwell dar uma olhada no pátio da escola e, em seguida, pegar um estojo de pó compacto e um tubo laranja da bolsa preta. Devia ser batom Tangee; era igual ao que encontrei em uma caixa velha que minha irmã havia deixado na gaveta do aparador. A srta. Maxwell segurou o estojo de pó compacto na frente do rosto e levou o tubo à boca. Quando o afastou, pressionou os lábios com firmeza. Estavam macios e rosados.

A srta. Busey usava dois lápis amarelos nos cabelos castanhos, que ficavam presos em um coque no topo da cabeça. Meu irmão dizia que os lápis sustentavam o penteado. "Um dia ela esqueceu, puxou um deles, e o coque desmanchou", disse ele. Ela era magra, e seus vestidos sempre pareciam folgados. A srta. Maxwell era um pouco mais baixa. Se a srta. Busey usasse franja, teriam quase a mesma altura.

Antes de minha irmã enviar o binóculo, a srta. Maxwell e a srta. Busey eram apenas silhuetas escuras descendo juntas do ônibus pela manhã, caminhando lentamente pela calçada, quase sempre sozinhas, mas às vezes juntas, correndo para o banheiro externo – a srta. Maxwell ia às dez e fumava, eu podia ver espirais de fumaça azulada saindo pelas frestas de ventilação; a srta. Busey esperava até o meio-dia. Talvez eu fosse a única pessoa na cidade que sabia que a srta. Maxwell fumava, mas prometi a mim mesma nunca revelar seu segredo, ela podia confiar que eu não ia contar a ninguém. Quem sabe quando eu entrasse no primeiro ano ela me deixasse ficar depois da aula para limpar as lousas, algo que meu irmão dizia que ela o obrigava a fazer quando tinha aula com ela. Então talvez ela acendesse um cigarro e desse uma piscadela para mim. "Aposto que você não sabia que eu fumava. Como não tem ninguém aqui além de nós duas, isso fica entre a gente, está bem?", diria ela.

Um longo verão se passou, 17 de setembro de 1932 chegou e finalmente eu tinha idade para frequentar o primeiro ano. A srta. Maxwell não precisaria se apresentar para mim, eu iria até ela e diria que já a conhecia. Diria que a tinha visto algumas vezes no pátio da escola e que meu irmão tinha me contado tudo sobre ela, porque era sua professora favorita, uma mentira deslavada.

Minha mãe achou que eu podia ir sozinha para a escola no primeiro dia. Ela me entregou duas tangerinas do armário de alimentos que ficava na sala de jantar, cinco centavos para o leite para acompanhar as tangerinas e minha carteira de vacinação.

Na sala de aula do primeiro ano, havia quatro fileiras de carteiras marrons, uma lareira revestida de metal e duas lousas com marcas de giz. As cinco janelas de um dos lados da sala estavam decoradas com recortes laranja de bruxas e abóboras. Havia pequenos borrões de cola seca nos recortes e no vidro ao redor deles. Sob a janela, uma longa prateleira ocupada até a metade com livros de encadernação azul, finos e encardidos. Uma grande mesa retangular ocupava o espaço em frente à lousa e, atrás dela, estava uma mulher magra, com um nariz largo e carnudo e cabelos escuros já grisalhos. A pele de suas bochechas era alaranjada, quase da mesma cor dos recortes. Ela pareceu me conhecer: gesticulou para que eu me aproximasse da mesa. Coloquei minha carteira de vacinação em cima de uma pilha de envelopes brancos.

— A aula ainda não começou – disse ela. – Corre pra brincar lá fora até o sinal tocar.

— Quem é a senhora? – perguntei.

— Eu sou a srta. Turnipseed* – respondeu ela, rindo. – Você vai se divertir muito com o meu nome este ano.

— Cadê a srta. Maxwell? Ela não vai ser nossa professora?

— Não. A srta. Maxwell se casou no verão passado. Eu vou ser sua professora este ano – disse a srta. Turnipseed. – Meu nome é engraçado e não me importo nem um pouco se você rir dele.

— Sim, senhora – respondi. – A srta. Busey ainda está aqui? Ela dá aula para o quinto ano, eu acho.

— Não. A Margaret... Quero dizer, a srta. Busey... foi para Livingstone fazer o mestrado. Você não sabia que as professoras também têm que estudar?

De algum lugar no corredor, o sinal tocou, e o murmúrio baixo do pátio da escola se transformou em frases quando as crianças começaram a entrar na sala. Meus amigos – Anne Hines, Sara Ann McCall, Percy Dunnam, John Jr. Hybart, Rayford Smith – correram para as carteiras perto das janelas.

— Guardem uma pra mim! – gritei.

* Em português, a tradução literal seria "semente de nabo". (N. *da* T.)

O interior da carteira estava vazio e empoeirado; minha palma ficou marrom onde eu a esfreguei na madeira de pinho lascada. Coloquei minhas tangerinas na carteira e olhei em volta. As crianças da cidade estavam sentadas juntas. Como não tinha sido uma das primeiras a pegar um lugar, fiquei na extremidade; do outro lado do corredor estavam crianças estranhas, vestidas com roupas de algodão desbotadas e camisas jeans abotoadas até o pescoço. Os cabelos tinham sido molhados e penteados junto ao couro cabeludo; as meninas usavam grampos pretos grossos.

Logo atrás de mim estava Eddie May Ousley, uma garota que morava nos arredores da cidade e tentava brincar com a gente, mas nós a ignorávamos e cochichávamos sempre que ela se aproximava. Ela era um ano mais velha que a maioria de nós e uma "repetente" – em 1932, repetentes não tinham privilégios especiais, eram tratados como iniciantes. Eu me irritei por ela estar sentada logo atrás de mim, mas ponderei que a experiência dela poderia ser útil.

Sorri para ela e disse:

— Ei, Eddie May.

Sem nenhum motivo aparente, ela riu e enfiou os dedos na gola do meu vestido. Gritei de surpresa, e a srta. Turnipseed me ouviu.

— O que foi? – ela perguntou.

— Nada. A Eddie May só colocou as mãos frias nas minhas costas – respondi.

A srta. Turnipseed franziu a testa.

— Eddie May Ousley – disse ela em voz alta. – Vai pro canto e fica de frente pra parede. Não vou tolerar perturbações no primeiro dia!

— Mas, professora... – Tentei defendê-la, porém não adiantou. Eddie May teve que ficar de castigo no canto perto da janela, mas Sara Ann e Percy Dunnam disseram que não tinha sido minha culpa.

Quando a srta. Turnipseed bateu com o lápis na mesa, um silêncio temeroso se instalou na sala de aula.

— Nós não vamos fazer muita coisa hoje – ela sorriu. – Vamos nos dividir em grupos. Grupo Um – ela apontou para Anne Hines – vai ser da Anne pra trás. O Grupo Dois é o restante da sala.

Ela havia dividido a turma com precisão entre as crianças da cidade e as crianças do transporte escolar.

Quando o Grupo Um foi chamado à lousa, eu me posicionei ao lado de Percy.

— Para quê isso? – ele perguntou, com um leve ceceio.

— Eu não sei – respondi em voz alta.

— Shh! – a srta. Turnipseed levou o dedo aos lábios. Ela percorreu a fileira de crianças e entregou a cada uma um pedaço longo de giz novo. Em seguida, escreveu o nome de cada aluno em letras grandes e redondas na lousa à sua frente.

— Agora, tracem seu nome – disse ela.

Eu escrevi o meu embaixo da versão da srta. Turnipseed e voltei para a minha carteira. Quando viu o que eu tinha feito, ela disse:

— Vem cá. – O giz chiava e rangia contra a lousa enquanto ela me conduzia de volta. – Não adianta tentar mostrar pra todo mundo como você é inteligente. Eu disse para *traçar* o seu nome.

Minhas mãos começaram a suar.

— Sim, senhorita – respondi. – Desculpa, eu não quis...

— Agora traça – ordenou ela.

Peguei um pedaço de giz e comecei a passar por cima da última letra do meu sobrenome.

— Não é assim – disse ela com severidade, e pressionou o dedo no início do primeiro N. Quando o tirou, o dedo deixou uma marca escura e gordurosa. – Comece aqui. Você nunca traçou nada antes?

— Não.

— Sua mãe nunca deixou você traçar desenhos de uma revista?

— Não – eu respondi. – Mas minha mãe me deixa desenhar.

A srta. Turnipseed olhou para mim com severidade.

— Onde você aprendeu a escrever?

— Minha mãe me ensinou – respondi. – Já faz tempo.

A garganta da srta. Turnipseed se contraiu.

— Você também sabe ler?

— Sim, senhorita, mas não...

Ela se sentou à mesa e tirou uma folha de papel azul da gaveta do meio.

— Sua mãe não devia ter feito isso. Diz pra ela que não é pra fazer isso. Ela não tem que te ensinar a ler. Você tem que aprender a ler e escrever na escola! – Ela olhou com raiva para o papel, pegou uma caneta-tinteiro e começou a escrever. – Leva isso pra sua mãe quando for pra casa – disse ela, dobrando o papel ao meio e estendendo-o para mim. – E não lê no caminho – finalizou, com desdém.

A srta. Maxwell e a srta. Busey saberiam que eu não pude evitar.

Tesoura de picotar

Depois que estava feito, papai disse que a culpa tinha sido minha, mas até hoje eu digo que não foi, que a garota tinha todo o direito de cortar o próprio cabelo se quisesse. Bem, eu meio que cortei, mas foi a Matrid que me pediu. Como eu ia saber que era contra as leis de Deus? Não tem nada na *Disciplina da Igreja Metodista Episcopal do Sul* que diga que é pecado cortar o cabelo, e se o sr. Q W Tatum diz isso do púlpito, o errado é ele, não eu.

Você vai notar que não coloquei ponto depois do Q e do W no nome do sr. Tatum. Isso também não é culpa minha. Quando o sr. Q W chegou a Hatter's Mill, no Alabama, em um Buick 1929 alto e quadrado com nove crianças dentro, o sr. Ed, do *Journal*, publicou este anúncio no jornal:

Temos o prazer de informar que o sr. e a sra. Q. W. Tatum e seus filhos, Haniel, Job, Habbakuk, Matrid, Jezebel, Mary, Hosea e Hosannah (gêmeas) e Emmanuel Tatum chegaram, vindos da Igreja Metodista de Dothan. O sr. Tatum vai ocupar o púlpito da Igreja Metodista de Hatter's Mill pelos próximos quatro anos.

Bem, a primeira coisa que o sr. Q W fez depois de deixar seus filhos e pertences na casa paroquial foi ir ao escritório do jornal e dizer ao sr. Ed para nunca mais colocar ponto depois do Q e do W, que Q W era o *nome* dele, não iniciais. Além disso, Habakkuk estava escrito errado, então era melhor ficarem mais atentos no futuro. O sr. Ed ficou fulo da vida com isso e ligou para o papai, que era presidente do Conselho de Mordomos e responsável por cuidar do novo pastor. Papai disse a ele que tivesse cuidado dali em diante, porque tinha dado um trabalho danado trazer aquele pastor de Dothan, e lembrou-o de não deixar de comparecer às boas-vindas ao pastor na quarta-feira à noite.

Foi naquele dia que conheci Matrid. Quando papai e eu subimos os degraus da casa paroquial naquela noite, com nossas compras, alguém estendeu a mão por baixo do alpendre e agarrou o tornozelo dele. Meu pai é desajeitado, então caiu, espalhando por todo o quintal o quilo de batatas irlandesas que tinha levado. Naquele momento, um sujeito grande, de cabelos pretos, saiu apressado da casa, falando alto:

— Como vai, irmão Finch, seja bem-vindo! E essa deve ser a pequena Jean Louie. Você já foi batizada com o maravilhoso Espírito Santo?

Ele quase me matou de susto, então tudo que consegui dizer foi:

— Sim, senhor, quando eu tinha nove meses.

O sr. Q W ajudou papai a se levantar e depois se curvou sobre os degraus. Por alguns minutos, ouvimos um barulho horrível, abafado, de briga e confusão e, em seguida, ele saiu arrastando a criança mais suja que eu já tinha visto pelos cabelos mais longos que eu já tinha visto em um ser humano. O sr. Q W a colocou de pé e lhe deu uma bofetada com uma das mãos e uma palmada no traseiro com a outra. Ela simplesmente ficou parada, aceitando tudo: se fosse comigo, você teria me ouvido berrando feito louca.

Quando finalmente terminou, o sr. Q W disse:

— Agora vá pra dentro de casa e leia três capítulos de Jeremias, garota malcriada!

Ela se virou para ir, mas ele a segurou pelo ombro.

— Espera! Se esqueceu das boas maneiras? Matrid, estes são o irmão Finch e a senhorita Jean Louie Finch. Você e a Jean Louie estão na mesma turma na escola.

Matrid olhou para papai, que sorriu para ela como Jesus e deu tapinhas no monte de cabelos emaranhados em sua cabeça.

— Em que ano você está? – ela me perguntou de cara feia.

— Terceiro – respondi.

— Você sabe ler direito?

— Sei, eu estou no primeiro grupo. – Isso pareceu impressioná-la, pois seus olhos se arregalaram e ela sorriu para mim de um jeito tão intenso que parecia que ia me matar.

— Eu não sei ler – disse ela.

Eu costumava ser muito arrogante com pessoas que não sabiam ler, mas não tinha nada que ser assim. Desde então, aprendi que as pessoas podem ser inteligentes de várias outras maneiras sem saber ler. Matrid, descobri mais tarde, era uma dessas pessoas.

Nós entramos e, na sala, nos deparamos com o grupo de pessoas mais curioso que já se viu: todos os meninos (eram cinco) tinham cabelos pretos e grossos que pareciam ter sido cortados com uma tesoura de poda. Todos usavam camisa de brim abotoada até o colarinho e sem gravata. As meninas estavam ainda piores, vestidas com roupas do mesmo tecido que se usa para fazer sacos de farinha. Todas usavam mangas compridas, apesar de naquela noite estar fazendo um calor danado.

A sra. Tatum, que estava no final da fileira, era uma mulher corpulenta, com bochechas e mãos vermelhas. Ela não disse uma palavra a noite toda.

À medida que mais e mais pessoas entravam na casa paroquial trazendo seus presentes, as crianças começaram a dar sinais de cansaço. Mas devo dizer que aquelas pessoas ficaram enfileiradas por duas horas até que o sr. Q W de repente gritou:

— Dispensados!

Ele parecia estar dando ordens a uma tropa, então me virei para Matrid, que estava grudada em mim feito um carrapato em vez de ter ido ler Jeremias como deveria.

— Como vocês fazem aqui neste lugar? – perguntei. – Só tem um banheiro.

— Ah – disse ela. – Quando a gente tem que se arrumar pra escola, a gente começa às seis da manhã. O mais velho usa o banheiro primeiro. Eu lavo as costas do Haniel, e ele coloca os gêmeos pra fazerem as necessidades. Funciona bem... os mais velhos meio que cuidam dos mais novos.

— Acho que não tem outro jeito em uma família tão grande.

— É, mamãe e papai já têm muita coisa pra fazer, com papai fazendo o circuito de pregação e mamãe fazendo todas as visitas por ele.

Ela me olhou como se eu tivesse uma verruga na testa e disse:

— Vamos lá no quarto dos fundos pra eu te mostrar as minhas águas.

Eu não entendi muito bem o que ela queria dizer com aquilo. Matrid me pegou pela mão e me levou por um corredor escuro e estreito. Ela abriu uma porta e entramos em um quarto cheio de camas de lona empilhadas umas sobre as outras, feito beliches.

— É aqui que a gente dorme – disse ela.

Ela foi até o armário e voltou carregando uma caixa de papelão com algo escrito. Depois de colocá-la com cuidado no chão, no meio do quarto, ela ficou um tempo tentando desamarrar o barbante sujo, mas não conseguiu, então o deslizou para o lado. Nesse momento, fui atingida pelo cheiro mais horrível que já senti na vida.

Dentro da caixa havia um monte de garrafas, grandes e pequenas, cheias de água. Matrid pegou uma com um líquido marrom-escuro e disse:

— Esta é a mais preciosa que eu tenho. Veio do rio Avon.

— Onde fica isso? – perguntei.

— Na Inglaterra, sua burra. Do outro lado do oceano Atlântico. Um dia eu vou pra lá, porque lá tem um monte de pagãos. Papai diz que eles não gostam de metodistas, então, quando eu crescer, vou pra lá como missionária.

Ela se sentou na cama, os cabelos caindo sobre o rosto feito os de uma mulher louca. Eu não conseguia tirar os olhos daquilo.

— Me mostra mais – pedi.

Matrid tirou garrafa após garrafa, me dizendo de onde vinha a água de cada uma. Ela tinha amostras de todos os cantos do Alabama, incluindo um pouco da água artesiana de Hatter's Mill, que deu nome à nossa cidade. Fiquei tão fascinada com a coleção de águas de Matrid que quase me esqueci que ela não sabia ler. Aquela garota era inteligente! Sabia tudo sobre lugares estrangeiros!

Mas eu não conseguia tirar os olhos do cabelo dela. Parecia que não era penteado fazia um mês e caía sobre o rosto, dificultando sua visão.

— Matrid – disse eu. – Por que você deixa seu cabelo assim?

Ela olhou para o colo e ficou em silêncio por um tempo. Depois, se agachou no chão e começou a guardar as garrafas de volta na caixa.

— Eu odeio meu cabelo – respondeu ela baixinho. – Mamãe não me deixa cortar. Eu sou a única da família que tem cabelo comprido. Papai corta o cabelo do Haniel e dos outros uma vez a cada duas semanas, mas não corta o meu. Eu nunca cortei o cabelo.

Ela olhou para a minha franja e perguntou:

— Como é ter cabelo curto?

— Ah, normal, eu acho. É muito fácil de pentear. Eu só dou umas passadas de pente de manhã e fica assim o dia todo.

Acho que falei algo que não devia, porque Matrid começou a chorar como se nunca mais fosse parar. Mas ela parou e, em seguida, começou a tirar meleca do nariz.

— Por que sua mãe não deixa você cortar? – perguntei, com um tom bem casual. Não queria parecer curiosa demais, mas estava morrendo de vontade de saber.

— Bem – ela fungou. – Eu sou a primeira menina, e mamãe disse que sempre deixaria a primeira menina ter cabelo comprido, porque a irmã dela que morreu tinha o cabelo tão comprido que dava para se sentar em cima dele.

— O que isso tem a ver? – perguntei, achando tudo muito estranho.

— É que a minha tia era muito má, e os homens vinham de longe pra vê-la com aquele cabelo comprido. Ela usava o cabelo pra ficar bonita pra eles.

Achei que Matrid ia enfiar o dedo no nariz até chegar ao cérebro, então disse que se ela não parasse, eu ia bater nela. Ela parou, deu uma fungada forte e continuou falando.

— Mamãe dizia que minha tia era terrível, e a gente não podia ter muito contato com ela. Mas ela sempre foi muito legal comigo. Dizia que eu era parecida com ela e me trazia pulseiras, mas papai nunca me deixava usar. Até que um dia ela ficou doente e disse que precisava ir pra Mobile. Ela foi e nunca mais voltou. Papai foi atrás dela e descobriu que ela tinha morrido.

— Mas o que isso tem a ver com você?

— Mamãe conversa comigo uma hora por semana sobre ser uma boa menina e nunca ser pecadora como minha tia era, e diz que tenho que deixar meu cabelo crescer pra ocupar o lugar da minha tia e ser boa.

— Mas que diabos – disse eu. – Se você não gosta...

— Cala a boca, Jean Louie! – Matrid gritou. – Se continuar falando assim, vou ter que tapar os ouvidos. Essa palavra é feia! Quem fala assim vai direto pro inferno.

— Tá bom, tá bom, não falo mais! Mas, Matrid, eu não entendo por que você não pode ser boa de cabelo curto ou de cabelo comprido. Olha só pra mim! O meu é curto e eu vou pra Escola Dominical, pra Igreja e pra Liga.* Sou tão boa quanto você, talvez até melhor.

— Não é você que decide isso – disse Matrid com uma voz afetada. Ela foi até a cômoda, se olhou no espelho e passou os dedos pelos cabelos com força.

Meu Deus, como aquela garota parecia infeliz. Ela começou a chorar de novo, as lágrimas escorrendo pelos fios do cabelo sem vida e pingando no chão.

Foi o suficiente. Não sei o que deu em mim para fazer aquilo, mas tudo o que eu sabia naquele momento era que

---

* A Liga possivelmente se refere à Epworth League, uma associação metodista de jovens adultos, que foi fundada em Cleveland, Ohio, em 1889. Também existia uma Epworth League para pessoas negras. (N. *da* E.)

Matrid odiava aquele cabelo. Eu não suportava a ideia de ela ser obrigada a passar a vida com aquela cabeleira. Mesmo sem saber ler, ela sabia um monte de coisas que eu não sabia.

— Você tem uma tesoura? – perguntei.

— Tenho. – Ela abriu a gaveta da cômoda e tirou uma tesoura de picotar. – Minha mãe usa essa pra cortar tecido. Não sei se corta outra coisa. O que você tá querendo fazer, Jean Louie?

— Não se preocupa – eu respondi. – Só vem aqui e senta na cama que eu te mostro.

Matrid se deixou cair na cama e olhou para mim.

— O que você vai fazer?

— Cortar.

Ela não disse uma palavra, apenas ficou sentada, imóvel como se fosse a lápide de um soldado confederado. Peguei um punhado de cabelo e dei uma tesourada. A tesoura cortou um pedaço de uns trinta centímetros, deixando as bordas pontiagudas. Aquela garota devia ter uma tonelada de cabelo, porque quando terminei, o bolo no chão chegava até os tornozelos dela.

— Agora vai se olhar – disse eu. Ficou muito bom, só um pouco "mastigado". Mas estava curto igual ao meu.

Enquanto se olhava no espelho, Matrid riu. Ela começou a saltitar e dançar entre as camas.

— Nossa, eu estou me sentindo uns cinquenta quilos mais leve, Jean Louie. Não vou mais ter que lutar com ele. Era uma tortura na hora de pentear.

— Bom, não vai ser mais – respondi. Fiquei orgulhosa de ver Matrid tão feliz. Ela também parecia diferente. Seu rosto ficou mais em destaque – as bochechas estavam mais redondas e dava para ver sua testa.

Nesse momento, a porta se abriu e papai espiou dentro do quarto.

— Jean Louie! Hora de ir, querida – disse ele. Então viu o monte de cabelo no chão.

— O que é isso?

— É o cabelo da Matrid – respondi.

— Entendi, vocês estavam brincando de salão de beleza. Bem, é melhor limparem isso antes de nós irmos.

Papai ouviu a voz do sr. Q W no corredor e se afastou para deixá-lo entrar.

— Olha – disse papai, rindo. – Você já viu uma bagunça igual a essa?

O sr. Q W entrou e ficou paralisado. Seus olhos se arregalaram e seu rosto foi ficando cada vez mais vermelho. Ele me disse com a voz estrangulada:

— O que você fez com a minha filha? O que você fez com ela?

Em seguida, me agarrou pelos ombros e começou a me sacudir até eu achar que minha cabeça ia cair. Eu gritei e me desvencilhei, correndo para me esconder atrás do meu pai. Me agarrei ao sobretudo dele com toda a força e berrei para que ele não deixasse o sr. Q W me pegar. Papai sussurrou para eu ficar quieta, que nada ia acontecer.

O sr. Q W estava ajoelhado no chão, pegando punhados de cabelo de Matrid. Ele se levantou e fez gestos como se estivesse tentando colocá-los de volta na cabeça dela. Percebendo que era impossível, o sr. Q W se virou para meu pai e exclamou:

— Ah, essa garota pagã! Irmão Finch, leva Jean Louie pra casa e faz ela se ajoelhar e pedir perdão ao Senhor pelo que fez! Faz ela orar a noite toda. Você nunca vai entender o que ela fez... ah, meu Deus, meu Deus, perdoa!

Papai ficou parado sem dizer nada, mas com aquele olhar semicerrado que eu conheço muito bem, de quando ele está perdendo a paciência.

Finalmente, com a voz cheia de pesar, ele disse:

— Irmão Tatum, não sei o que Jean Louie fez de tão terrível. Na verdade, até onde eu sei, ela não fez nada além de cortar o cabelo da Matrid, que, devo dizer, precisava mesmo de um corte. Se puder me explicar as circunstâncias, apontando o pecado nas ações de Jean Louie, providenciarei para que as medidas corretivas adequadas sejam tomadas.

Achei que tinha sido um belo discurso, mas papai é advogado e sabe falar bem.

Só que isso teve um efeito caótico no sr. Q W: o homem literalmente teve um acesso de fúria no meio do quarto. Ele batia os pés e gritava versículos da Bíblia: "Porque me rodeiam desgraças a não mais contar; minhas culpas me atingem, e não posso fugir; são mais que os cabelos da minha cabeça, e o meu coração me abandona", era o que ele repetia com mais frequência. Ele também disse algo sobre a tia de Matrid ter sido uma mulher má em Mobile e que

Matrid ocuparia o lugar dela no mundo. O sr. Q W agia mais como um fanático religioso do que como um pastor metodista, então ficamos lá parados, absorvendo tudo.

Papai finalmente o repreendeu, mas só depois que o sr. Q W disse que faria um sermão sobre o que tinha acontecido, na igreja, no domingo seguinte e me faria ficar de pé e pedir desculpas pelo que eu tinha feito bem no meio da congregação.

Papai disse que tínhamos que ir para casa e que Jean Louie não se levantaria nem pediria perdão por nada.

— Se despede da Matrid – disse ele. – E convida ela pra ir te visitar.

Olhei para Matrid, que tinha escondido o rosto em um travesseiro.

— Vem me visitar – eu disse. – Desculpa por eu ter cortado seu cabelo.

Naquela noite, enquanto caminhávamos pela calçada em direção a nossa casa, papai não disse uma palavra. Ele apenas seguia adiante, olhando para a frente, em silêncio, o que era um sinal de que eu tinha feito algo errado.

Pouco tempo depois, ele pigarreou, cuspiu no chão e limpou a garganta por um longo tempo.

— A culpa foi sua, querida. Você não devia ter feito aquilo – disse ele.

— Sim, senhor, acho que não – respondi, sentindo um vazio na boca do estômago. – Eu vou ter que pedir perdão pra Matrid na igreja?

Papai pegou minha mão e a balançou junto com a dele. Demorou um longo tempo para responder, então me distraí, soprando no ar frio da noite e fingindo que estava fumando um cigarro.

— Jean Louie – disse ele, por fim. – Quando você crescer e for pra faculdade de direito, vai aprender que é preciso avaliar as evidências e decidir qual das partes foi mais prejudicada. – Ele olhou para mim. – Entende o que estou dizendo?

— Com certeza – menti, pois não tinha entendido. Mas, pelo tom de voz dele, eu sabia que estava tudo certo.

— Bem – ele continuou devagar. – Dessa vez, era uma questão de saber quem tinha mais culpa: você ou o pai da Matrid. Entende o que eu quero dizer?

Acenei com a cabeça o mais energicamente que consegui.

Chegamos à porta da nossa casa e, enquanto papai a abria, eu disse:

— Tem certeza de que eu não vou ter que ficar de pé na igreja e pedir desculpas pra Matrid?

Papai balançou a cabeça.

— Não, você não vai precisar fazer isso… o sr. Tatum não vai pedir. – Ele abriu a porta com um puxão e sorriu. – Mas não vamos deixar de ir à igreja no domingo pra ver o que ele vai dizer!

Um quarto cheio de ração

Minha amiga Sarah Mitchell está tendo dificuldade de conviver consigo mesma ultimamente, e não me surpreende, depois do que ela fez. Ela já inventou todas as desculpas possíveis e imagináveis e deixou sua pobre psiquiatra exausta tentando encontrar novas justificativas. Fui eu quem sugeriu que Sarah procurasse um psiquiatra, na esperança de que ela passasse a ligar para *ele* a qualquer hora, em vez de para mim. Outro dia, conversei com a psiquiatra dela – que, a propósito, não é um *ele*, é uma senhora idosa – e ela me contou qual era o problema de Sarah, mas me pareceu algo completamente irreal. Pobre senhora, ela também reclamou que estava cansada de receber ligações de Sarah às três da manhã dizendo que alguém estava batendo na porta do apartamento, uma reclamação surpreendentemente humana, considerando a fonte.

Mesmo antes do que aconteceu, Sarah já era problemática, não há dúvida. Eu a conheço há anos – estudamos juntas na universidade e, já naquela época, ela era uma figura peculiar: ficava bêbada depois de dois drinques, desmaiava no chão e nada, nem mesmo ameaças de expulsão, conseguiam tirá-la de lá. Perdi a conta de quantas noites pulei na cama dela para disfarçar sua ausência quando a monitora passava para verificar quem estava no dormitório, enquanto Sarah estava desacordada no apartamento de alguém. No dia seguinte, ela não se lembrava de nada.

Além disso, ela falava palavrão compulsivamente. Nunca conheci ninguém com um domínio mais refinado da linguagem do que Sarah Mitchell, nem ninguém que a usasse de forma mais democrática: reitoras, namorados, garçonetes, funcionários dos correios, qualquer pessoa que cruzasse seu caminho quando ela começava a proferir uma saraivada de palavrões. Esse hábito lhe rendeu a eterna desconfiança da Reitoria Feminina, cujas integrantes estavam apenas esperando uma desculpa para expulsá-la. E, no devido tempo, conseguiram, por ela estar com uma garrafa de cerveja na mão. Isso não parece tão grave, até você ficar sabendo que estou falando da Universidade do Alabama. Lá, espera-se que as moças de bem cheirem apenas a Chanel Nº 5 e enxaguante bucal Lavoris por, pelo menos, quatro anos.

De qualquer forma, Sarah deixou a universidade sob uma nuvem carregada. Acusações: fraude, roubo, saídas clandestinas do Calloway Hall à noite, promiscuidade e atitude desrespeitosa com a Reitoria Feminina. Provas concretas: uma garrafa de cerveja na mão. É lógico que ela não precisava ter desfilado pela University Avenue com ela – isso foi muito imprudente –, mas foi o suficiente para que fosse expulsa.

Enquanto arrumava as malas para partir, Sarah estava furiosa, e o ponto principal de seu discurso era que a hipócrita da Georgine Faircloth só tinha recebido seis semanas de restrições severas no campus por ter sido flagrada completamente nua em um barco a remo no rio Black Warrior, enquanto ela, Sarah Mitchell, estava sendo expulsa só porque seu pai não era rico há tanto tempo quanto o pai de Georgine. Além disso, Georgine fazia parte da irmandade Beta Nu, e todas as garotas que eram aceitas na Beta Nu tinham passe livre na universidade, já que a irmandade havia sido fundada pela irmã da sra. Jefferson Davis.* Sarah tinha sido convidada a participar do processo seletivo para entrar na Beta Nu, mas foi rejeitada assim que abriu a boca – se isso a magoou, ninguém ficou sabendo. Ela simplesmente decidiu se tornar a independente mais independente do campus.

No segundo ano de faculdade, ela se casou em segredo – o que era pior do que beber – e depois se divorciou – o que era pior do que se casar. O marido era um rapaz

---

* Varina Anne Banks Davis (1826-1906) foi esposa de Jefferson Davis, presidente dos Estados Confederados da América, uma república separatista não reconhecida estabelecida no Sul dos Estados Unidos de 1861 a 1865. (N. *da* T.)

muito esquisito de Birmingham que se julgava superior a todo mundo, e a Sarah em particular. O pai de Sarah a livrou dessa enrascada, mas nunca deixou que ela se esquecesse quanto isso tinha lhe custado. O sr. Mitchell era um homem rico, mas cinco dólares era muito dinheiro para ele, porque no passado ele tinha sido pobre. A mãe de Sarah era um horror folheado a ouro. Aquele tipo de mulher que dá uma risada e solta um "hiiihuuu" afetado no final, o que, em algumas partes do estado, passa por sofisticação. Sem precisar dizer uma palavra, a sra. Mitchell sempre conseguia passar a impressão de que até mesmo a hora do dia era inadequada; havia muito tinha admitido para si mesma que Sarah era sua vergonha, o preço que tinha pagado por atos isolados de indecência com o marido, e tratava a filha de acordo.

Não é de admirar que Sarah tenha ido direto para Nova York quando saiu da faculdade. Seus pais não a queriam em casa, de qualquer maneira; eles gostavam demais do papel de mártires para permitir que a presença dela arruinasse tudo: quando souberam que Sarah havia sido expulsa da universidade, as pessoas em sua cidade natal foram extremamente gentis com os Mitchell, e em duas semanas eles receberam mais convites para jantar do que em um ano inteiro.

Eu só fui ter notícias de Sarah Mitchell dois anos depois, quando me mudei para Nova York e esbarrei com ela na Quinta Avenida. Sabe como é, mais cedo ou mais tarde você acaba esbarrando, na Quinta Avenida, em todas as pessoas que já conheceu. Bem, lá estava ela. Ela me cumprimentou com as perguntas de sempre e me convidou para ir à casa dela conhecer seus meninos.

— Meninos? – indaguei. – Eu não sabia que você tinha se casado de novo.

— Não casei – respondeu ela. A mesma Sarah de sempre.

Mas havia algo diferente nela que eu não consegui identificar de imediato. Algo físico. Ela havia engordado, naturalmente, como todo mundo dois anos depois da faculdade, e parecia mais arrumada do que eu jamais a vira, mas, com aquele casaco, não dava para perceber. Até que entendi: eram as mãos. Sarah tinha mãos grandes e quadradas, mãos de colhedora de algodão, como ela costumava dizer, mas os dedos eram longos e se alargavam nas pontas, em vez de afinarem. Pela primeira vez desde que a conheci, reparei em como ela os usava de maneira desajeitada; parecia ter dificuldade até com as coisas mais simples, como pegar o dinheiro da passagem de ônibus na bolsa. Mantinha os dedos retos quando seria natural dobrá-los. De tempos em tempos, esfregava a palma da mão na lateral do casaco, como se quisesse secar o suor, embora o dia estivesse frio. Em todos os outros aspectos, porém, Sarah continuava a mesma de sempre.

Quando chegamos ao apartamento dela, conheci os meninos. Eram dois cachorros enormes que eu achei que fossem mastins, mas Sarah disse que eram boxers. Ela morava em um apartamento de dois cômodos: ocupava um, e os cães, o outro. As paredes do quarto dos cães eram forradas com pilhas de caixas de ração que chegavam até o teto. Ela disse que os meninos devoravam tudo feito loucos e que gastava quase todo o seu salário para sustentá-los.

Enquanto tomávamos uns drinques, Sarah me pôs a par de sua vida: quando chegou a Nova York, seu primeiro emprego consistia em arquivar respostas de participantes de concursos de uma marca de sabonete – você sabe, aqueles de frases sobre o produto com, no máximo, vinte e cinco palavras. Ela foi morar com um colega de trabalho, que era da Albânia, e com os amigos dele, que eram, em sua maioria, da Europa Central. Fez isso achando que era assim que a maior parte das pessoas vivia em Nova York. Pelo menos foi o que ela me contou. Acabou se mudando quando o amigo e seus companheiros se envolveram em uma briga que durou três dias e só terminou com a chegada da polícia. Sarah foi presa por perturbação da ordem e recebeu uma suspensão condicional da pena. Naturalmente, perdeu o emprego quando não apareceu para trabalhar nem ligou para dar explicações.

Sarah foi morar na Associação Cristã Feminina até encontrar um apartamento, mas acabou saindo de lá e dormiu na Pennsylvania Station por duas noites porque a Associação a lembrava muito do sr. e da sra. Mitchell. Logo arrumou um emprego como secretária, recepcionista, tesoureira e bibliotecária de uma espécie de organização de livres-pensadores e, como podia fazer as coisas do jeito que queria, sem interferências, estava feliz com o trabalho.

Foi nessa época que eu a reencontrei em Nova York. Rapidamente retomei o contato com ex-colegas de universidade que também haviam se mudado para a cidade, e fui admitida no que era conhecido como o Grupo do Alabama. Tentei convencer Sarah a ir comigo às festas e aos encontros promovidos por eles, mas ela não quis saber. Disse que aquelas pessoas eram um bando de esnobes da universidade, envelhecidos e cheios de pose, e que não queria chegar nem perto deles. Até que, uma noite, consegui convencê-la a ir comigo e, uma vez lá, ela se divertiu muito, exceto por uma coisa: se apaixonou de novo, por um rapaz que era a versão masculina de todas as "Beta Nu" que já existiram, a fez viver uma montanha-russa emocional e não tinha a menor intenção de se casar com ela. Isso quase a matou. Na verdade, ela me disse que tentou enfiar a cabeça no forno, mas não conseguiu ficar parada porque o gás a sufocava.

Bem, acho que esse envolvimento amoroso, embora breve, foi bom de certa forma, porque a fez pensar em outra coisa que não aqueles cachorros por um tempo. Veja bem, eu adoro cachorro e tudo mais, porém não gosto de boxers no meu colo, com as patas em volta do meu pescoço e ocupando um apartamento minúsculo. Não demorei muito para descobrir que uma palavra rude que fosse dirigida àqueles animais deixava Sarah furiosa, e *que fúria*: pensei que seu domínio dos palavrões tivesse diminuído com o tempo, mas não poderia estar mais enganada – ela apenas expandiu seu vocabulário para incluir uma seleção especial de obscenidades ianques e, convenhamos, nada soa pior do que um nova-iorquino xingando. Ela me contou que sua vizinha de porta odiava os cachorros e uma vez tinha ameaçado chamar a polícia porque eles estavam fazendo muito barulho.

— Você pode imaginar o que eu falei pra *ela* – comentou Sarah.

Não demorei muito para descobrir que Sarah tinha poucos amigos, se é que tinha algum. Ela podia ser tão atraente quanto qualquer outra garota, se quisesse, mas era só ir a um encontro e ela provavelmente estragaria tudo ficando bêbada e contando a história da sua vida antes de apagar, anulando, assim, qualquer chance que tivesse. Não tinha amigas, até onde eu sabia, e parecia não querer nenhuma. Por alguma razão, me tolerava, e como eu tinha pena dela, ficava feliz em ajudá-la.

Mas ser amiga de Sarah era um trabalho árduo. Significava ouvir uma repetição interminável de seus problemas – ou seja, coisas que tinham acontecido havia muito tempo. Todos os seus infortúnios estavam muito bem embrulhados e com a etiqueta de culpa, mas, de alguma forma, ela não resistia a abri-los e atacar o conteúdo, assim como seus cães atacavam a ração.

Ela tinha o hábito de me ligar de madrugada para falar sobre as conexões importantes de Georgine Faircloth, ou sobre aquela vez em que passou a noite na cadeia em Montgomery porque seu namorado tinha batido o carro, ou sobre como seu pai tinha sido cruel quando pagou pelo divórcio. O problema era que ela me mantinha acordada até amanhecer com algum monólogo interminável. Quando me cansei disso e desliguei o telefone na cara dela algumas vezes, ela me acusou de não me importar com o que acontecia com ela. Nunca vi uma pessoa tão obcecada consigo mesma quanto ela...

Nossa, falei tanto sobre Sarah que quase esqueci de contar o que ela fez. Bem, foi numa manhã, há algumas semanas. Sarah estava resfriada e ficou em casa, não foi trabalhar – pelo menos foi o que disse. Acho que um dos cachorros estava doente e ela ficou em casa cuidando dele. Por volta das dez e meia, alguém começou a esmurrar freneticamente a porta. Quando Sarah abriu, lá estava a vizinha, a sra. Fohlmer, aquela com quem ela tivera um desentendimento por causa dos cachorros, parada na soleira. A sra. Fohlmer tinha se incendiado de alguma forma, provavelmente com óleo fervendo, e estava em chamas, então Sarah simplesmente fechou a porta na cara dela e a mulher queimou até ficar carbonizada no corredor.

Agora, Sarah não para de me ligar com *isso* na cabeça. Vou te dizer, está começando a me deixar pra baixo.

Os que assistem e os que são assistidos

Entre os muitos prazeres de morar no bairro de Yorkville, em Manhattan, está o fato de que, nos vários cinemas espalhados entre as charcutarias, agências de viagem e cervejarias da 86th Street, encontra-se o público mais perspicaz e exigente dos Estados Unidos.

O executivo de uma produtora cinematográfica que marca uma pré-estreia em um desses cinemas tem que ser corajoso: antes dos dez minutos de exibição, não haverá dúvida em sua mente sobre o que o público acha do filme. Silêncio é aprovação; a desaprovação é expressa por uma chuva de pequenos objetos não identificados atirados na direção da tela e, se alguém cometer a tolice de se sentar na plateia, pode acabar encharcado por sacos de papel cheios de água lançados do alto. Os camarotes e os balcões desses cinemas são mais organizados do que qualquer torcida universitária de futebol americano que já vi: basta que uma fala, um gesto ou um suspiro piegas ou falso chegue aos ouvidos dos fiéis ali presentes para que tal deslize seja recebido por várias centenas de vozes respondendo em uníssono: "Ah, *me poupe*."

Eu me lembro de um diálogo entre o herói, a heroína e a plateia que durou exatos onze minutos, marcados no meu relógio Bulova. Por razões conhecidas apenas por quem escreveu o roteiro, o herói era contra o pecado, a bebida, o inimigo (era um filme de guerra) e as mulheres. Se é possível dizer que centenas de pessoas soltaram um gemido de espanto diante dessa revelação, que fique registrado aqui. Com essas convicções tão rígidas, naturalmente o herói foi confrontado com doses cavalares de tudo aquilo que condenava e, naturalmente, seguiu-se uma cena em que ele se debateu até estar prestes a beijar – na testa, veja só – uma jovem de reputação duvidosa, mas recuou no último instante. Fiel à doutrina estabelecida de martelar uma mensagem importante na mente do público, o roteirista fez os atores repetirem a cena três vezes. Isso foi um erro. A primeira vez foi recebida com um suspiro coletivo sincronizado, a segunda com um som semelhante ao de ar escapando de um dos pneus do maior trator da International Harvester, e a terceira com uma grande salva de palmas e batidas de pés cujo ritmo lembrava uma formação em T do futebol americano. Quando nosso herói finalmente conseguiu o que nunca tivera a menor intenção de fazer, os aplausos se prolongaram por um bom tempo, até a cena seguinte, que, é óbvio, era uma cena de batalha.

Assim que a plateia se acalmou, surgiu outra crise que exigia um comentário. O sub-herói, que deveria ser um covarde, mas que não enganou a plateia nem por um minuto, se viu diante de um tanque cheio de inimigos e, sozinho, liquidou o tanque e seu conteúdo com uma serenidade que só poderia vir da Costa Oeste. Depois de ser alvejado e de escapar de balas de canhão e metralhadora a uma distância não maior do que vinte metros no total (ele usou o Velho Truque Indígena e a ideia do Alvo em Movimento para escapar de seus algozes), o sub-herói rastejou até o tanque e, se é que alguém vai acreditar em mim, colocou uma pedra enorme na roda e o imobilizou. Então, com uma frieza como nunca se viu desde a Marcha de Sherman até o mar,* esse covarde abriu a escotilha do tanque, jogou uma granada acionada lá dentro e fechou a escotilha.

Ileso depois da explosão, o sub-herói caminhou casualmente por uma área minada e carregou nos ombros seu desafortunado irmão, o herói. O herói estava deitado no chão havia algum tempo, lamentando ter sido contrário ao pecado, à bebida, ao inimigo e às mulheres. Acho que isso está correto, porque seus gestos subsequentes

* A Marcha de Sherman para o Mar foi uma campanha militar da Guerra Civil Americana liderada pelo general William T. Sherman, em que suas tropas percorreram a Geórgia entre novembro e dezembro de 1864, praticando uma estratégia de "guerra total", a fim de enfraquecer a Confederação do Sul. (N. *da* T.)

pareciam transmitir essa impressão. Os gestos da plateia, porém, não foram, de maneira alguma, ambíguos: foi necessária a autoridade combinada da gerência e de dois representantes da polícia para restaurar a ordem.

Nos últimos meses, entretanto, surgiu um novo jogo na 86th Street que mantém as plateias razoavelmente atentas aos esforços dos roteiristas. Não sei ao certo se aprovo: tende a diminuir a diversão geral, porque o público fica tão ocupado ouvindo que às vezes se esquece de assistir, mas, apesar dos meus esforços em contrário, me vejo entrando no jogo, mesmo com relutância. Estou me referindo ao esporte de tentar encontrar uma conexão coerente entre os títulos de uma série de filmes com seus respectivos temas, que dão a impressão de terem sido escolhidos do Pentateuco, ao acaso, por um vice-presidente executivo. Embora títulos curiosos sejam um recurso comum para chamar a atenção há séculos, Hollywood não pode se eximir de sua parcela de responsabilidade em uma questão que fugiu do controle.

O jogo na 86th Street começou com *The high and the mighty* [Elevados e grandiosos].* Tudo começou de forma

---

* Daqui em diante, vai haver uma série de menções a títulos, reais e fictícios, de filmes que se enquadram no jogo adotado pela plateia do cinema. Nem sempre as traduções comerciais no Brasil correspondem a uma tradução muito literal, de modo que, a fim de remeter ao jogo, traduções literais serão apresentadas no corpo do texto, e os títulos com os quais os filmes foram lançados no Brasil constarão das notas de rodapé subsequentes. *The high and the mighty* (1954) foi lançado no Brasil com o título de *Um fio de esperança*. (N. *da* T.)

inocente, quando várias pessoas, inclusive eu, ouviram um comentário no balcão: "Eles estão todos no alto, mas onde entra o grandioso?", uma garota perguntou a seu acompanhante. Durante o restante do filme, houve uma pequena ilha de silêncio no balcão, composta de pessoas que ouviam atentamente, a fim de encontrar uma resposta para a pergunta dela. Não encontramos.

A cada "Alguma Coisa e Alguma Coisa" em exibição na 86th Street, o jogo foi ganhando ímpeto até que agora há unanimidade entre os mais experientes. Perdemos as primeiras partidas. Embora Hollywood não possa reivindicar o crédito por isso, *The proud and the beautiful* [Orgulhosos e belos] enganou a todos, não havendo nada nos diálogos, na atuação, na fotografia ou no teor geral do filme que justificasse seu título. Mas Hollywood marcou dois pontos contra nós com *The bold and the brave* [Bravos e destemidos] e *The proud and the profane* [Orgulhosos e profanos] e manteve a vantagem até o lançamento de *The power and the prize* [O poder e o prêmio].*

Tenho o prazer de informar que, de acordo com as regras do jogo, *The power and the prize* foi um sucesso. No entanto, Hollywood tentou nos dar uma rasteira ao fazer o sr. Burl Ives declarar já no início do primeiro quarto do filme: "Esse é o prêmio que você tanto quer, filho", ou algo assim. Um coro de "Ah, não" ecoou das frisas e do balcão, seguido por comentários individuais que variavam de

* Respectivamente, *Os orgulhosos* (1953), *O preço da audácia* (1956), *O fruto do pecado* (1956) e *Os grandes deste mundo* (1956). (N. da T.)

"Isso é interpolação, pura e simples" a "Você entendeu tudo errado, velho teimoso".

A reconciliação completa entre filme e título demorou a acontecer: em silêncio e cheia de esperança, a plateia (cujos integrantes mais humildes ouviam Haydn e Schumann enquanto tomavam sua cerveja) assistiu a uma jovem de temperamento vil tocar algo terrivelmente clássico de forma terrível ao piano, aceitou sem protestar a bizarra premissa de que os britânicos amam mais o orgulho do que o dinheiro, tranquilizou-se com a informação de que os presbiterianos não queimavam mais pessoas na fogueira e permaneceu impassível diante de insinuações perturbadoras de que a heroína era uma prostituta *e* comunista, até que Big Daddy* encerrou tudo dizendo que era uma criatura do Poder. Quando isso foi revelado, a euforia tomou conta do balcão. Tínhamos vencido.

Mas receio que as plateias da 86th Street estejam condenadas à decepção. Há cada vez menos filmes recentes com títulos instigantes: a tendência atual é deixar tudo bem fácil para os espectadores em potencial, como em *The ten commandments* [Os dez mandamentos], *Attack* [Ataque], *The opposite sex* [O sexo oposto].** Acredito que esses títulos sejam resultado do ciclo recorrente de medo de Hollywood de que, se algo for legado à imaginação, o

* Personagem da peça *Gata em teto de zinco quente* interpretado no cinema pelo mesmo ator, Burl Ives. (N. *da* T.)

** No Brasil, os títulos foram, respectivamente, *Os Dez Mandamentos* (1956), *Morte sem glória* (1956) e *O belo sexo* (1956). (N. *da* T.)

público ficará menos entretido. Espero ter deixado suficientemente nítido que há mais maneiras de entreter a plateia do que sonha essa vã filosofia.

Li na revista *Variety* que há apenas um filme em produção cujo título permanece um mistério. Chama-se *The cunning and the haunted* [Os astutos e os assombrados], e se esse título for o último do gênero, permitam-me dar o pontapé inicial, sugerindo respeitosamente alguns títulos que eu mesma inventei, com enredos apropriados. Talvez eles mantenham o jogo vivo e proporcionem mais diversão às multidões que, como todos sabemos, têm a inteligência média de crianças de doze anos. Não registrei esses títulos em nenhuma organização, portanto, estão à disposição de quem quiser usá-los:

The quick and the dead [Os rápidos e os mortos], um faroeste
The knock and the need [A batida e a necessidade], denúncia de falsas obras de caridade
The dope and the fiend [A droga e o viciado], drama hospitalar
The block and the tackle [O bloqueio e a derrubada], história de futebol americano
The venetian and the blind [A veneziana e o cego], drama de época do século XV
The web and the footed [A teia e os que têm pés], documentário sobre a natureza ou adaptação de *The thos. Wolfe Story* [A vida de Thomas Wolfe]

The base and the vile [O grave e o vil], assassinato na Filarmônica

The clawed and the rains [Garras e chuvas], aventura na selva

The good and the ready [Valorosos e dispostos], documentário sobre cidade pequena

The beyond and the pale [O além e o limite], história da Força Aérea

The pidgeon and the toad [O pombo e o sapo], uma fábula

Essas sugestões devem ser suficientes para Hollywood refletir por um tempo, mas, se forem insuficientes, recomendo que as autoridades cinematográficas competentes realizem uma pesquisa com qualquer plateia da 86th Street para obter ideias adicionais. Seus esforços não serão em vão.

Isso é showbusiness?

A única razão pela qual fiz isso foi porque Gerald Gray e a mulher dele são meus melhores amigos, e eu prometi a ele que faria, mas nunca mais vou me envolver com essas coisas. Me envolver em um desfile de moda, quero dizer. Gerald está vagamente no *showbusiness* – não, não, não, Gerald está no *showbusiness*; sou eu que só tenho uma ideia vaga do que ele faz: tudo o que sei é que ele roteiriza e produz desfiles de moda e ganha muito dinheiro com isso. Nunca falamos sobre o trabalho dele, por isso eu não fazia a menor ideia do que era um desfile de moda até que um dia ele me ligou e perguntou se eu poderia ajudar a garota que cuida da iluminação para ele. Fiquei feliz em ajudar.

Conforme combinado, encontrei Clare Waters, a técnica de iluminação, na 9th Avenue, entre a 40th e a 45th Street, em uma loja peculiar perto de uma delegacia. Gerald me disse que Clare me explicaria o que fazer. Gostei dela na hora: era uma garota gordinha e alegre, vestindo calça de flanela cinza e camisa xadrez verde.

— Que bom que você veio – disse ela. – Acho que vai ficar meio entediada com a coisa toda, mas vai ajudar muito se ficar me esperando no carro enquanto eu cuido de tudo que preciso fazer. Você sabe dirigir, não sabe?

— Sei – respondi. – Mas nunca dirigi em Nova York. Na verdade, faz anos que não dirijo.

— Ah, acho que você não vai precisar dirigir de verdade. Só preciso de alguém pra ficar no carro, se precisarmos parar em outro lugar ou se eu precisar deixar o motor ligado. Não se preocupa. Cadê o caminhão?

— Que caminhão? – perguntei.

— O caminhão que vai levar tudo isto. – Ela apontou para uma coleção de instrumentos pretos, parecidos com caixas, que lembravam sinais ferroviários. – Sabe – disse ela em voz baixa –, eu estou dando um jeitinho.

— Ah – acenei com a cabeça, fingindo entender.

— Tenho que levar tudo isso pro salão sem ninguém me ver. – Ela franziu a testa e esfregou o nariz.

— Você está roubando? – perguntei.

Ela balançou a cabeça.

— É o sindicato – respondeu.

Clare saiu da lojinha, foi para a calçada e olhou para um dos lados da rua. Depois olhou para o outro. Eu me juntei a ela, mas fiquei olhando para a delegacia ao lado.

Vários velhos passavam o tempo de maneira indolente, com uma arrogância vulgar, em frente à delegacia. São iguais aos que ficam no tribunal em Montgomery, pensei: conseguiam passar a impressão de que, mesmo aposentados, ainda eram homens importantes. Quando conversavam entre si, inclinavam a cabeça com ar de superioridade; um deles avistou Clare e eu e disse algo aos companheiros, que se viraram e olharam para nós. Logo, dois policiais chegaram acompanhando dois homens de cabeça descoberta, vestidos com ternos claros e ombreiras exageradas.

— Estão trazendo mais pessoas envolvidas no caso do ataque com ácido – disse Clare. – Vamos voltar para dentro.

— Eu vou ficar de olho no caminhão – assegurei.

Os velhos se juntaram em um grupo, mas se dispersaram quando uma viatura parou em frente à delegacia e de dentro saíram mais três homens de ombreiras grandes. Os velhos observaram enquanto eles entravam na delegacia.

Solucionei o caso: fazia muitos anos que não havia uma ocorrência de ataque com ácido, raciocinei. O *fantasma da ópera* era um caso de ataque com ácido. E estava em cartaz na 86th Street. Portanto, se a polícia fosse inteligente, vasculharia Yorkville em busca do culpado, cuja inspiração, sem dúvida, tinha vindo do filme. Um silogismo perfeito.

Eu estava pensando se deveria avisar à polícia sobre isso quando Clare apareceu.

— São três e meia – disse ela. – Droga, fiquei acordada até três e meia da manhã.

— Você sempre tem que trabalhar até essa hora? – perguntei.

— Tenho. Passo o dia inteiro fazendo esse tipo de coisa. Esperando caminhões. Depois, tenho que trabalhar a noite inteira no que passei o dia esperando.

— Você acha que eu consigo voltar pro meu apartamento antes das cinco? Tenho que me arrumar pra um jantar.

— Ah, sim. Eu te levo de volta antes das cinco. Não se preocupa. Por que não vai até a esquina comprar um café pra gente? E me traz um sanduíche, pode ser? Eu não como nada desde ontem.

Tive que andar dois quarteirões até encontrar uma lanchonete. Arrisquei que ela gostasse de presunto e café puro. Errei, mas o cara da loja de iluminação tinha um pouco de leite em pó e um cubo de açúcar, que deu para Clare. Ela disse que não se importava com o presunto, estava com tanta fome que comeria até sola de sapato.

Quando o caminhão chegou, Clare disse "cuidado aí" para os carregadores e "vamos" para mim. Ela conseguiu levar o equipamento de iluminação para o salão sem que ninguém a visse, porque não chegou perto do local. Fomos para um estacionamento na 46th Street. Ela dirigiu pelo trânsito do West Side de maneira tão inconsequente que mantive os olhos fechados até chegarmos à esquina da 23rd Street com a 6th Avenue. Entrou na 23rd Street e parou o carro bem em frente a uma placa que dizia que era proibido estacionar ali depois das quatro da tarde. Olhei para o meu relógio. Eram quatro e cinco, mas ele sempre estava adiantado.

— Não vou demorar mais de dez minutos – disse ela. – É melhor você ficar no banco do motorista.

— Mas a placa... – protestei, um pouco alarmada.

— Ah, nunca tem polícia por aqui – disse ela. – Se aparecer alguém, é só dizer que eu volto num minuto. Você sabe o que fazer.

— Mas...

Ela já tinha saído do carro e estava na calçada. Observei-a desaparecer por uma porta. Ela reapareceu por um momento e gritou algo que não consegui ouvir, depois sumiu de novo.

Fiquei esperando. Observei enquanto outros carros deixavam as vagas junto ao meio-fio até aquele lado da 23rd Street ficar deserto até onde minha vista alcançava.

Como era de se esperar, apareceu um policial em uma motocicleta. Estava vestindo uma jaqueta de couro preta, quepe, calça de montaria e perneiras. Acho que ele fez o que no *showbusiness* chamam de "reação tardia", porque passou direto pelo carro de Clare, foi até o fim do quarteirão, parou abruptamente, deu meia-volta com a motocicleta e veio direto para mim.

Ele se aproximou do carro, tocou a viseira do quepe e disse:

— A senhora não viu a placa?

Como estava a menos de um metro de mim, respondi que tinha visto, mas que estava esperando por uma moça que tinha entrado naquele prédio.

— Algum problema? – perguntei.

— Você sabe dirigir?

— Sei – respondi – mas minha carteira de motorista é do Alabama.

O policial partiu do princípio de que qualquer pessoa que soubesse dirigir no Alabama saberia dirigir em Nova York: uma suposição equivocada, tentei explicar, mas sem sucesso.

— Vou dizer o que a senhora vai fazer – disse ele. – Vai ficar dando voltas no quarteirão até ela sair. – Chutou algo com violência e a motocicleta soltou um ronco.

Ele se afastou devagar e, pelo espelho retrovisor, vi que estava logo atrás do carro. Aparentemente, estava falando sério.

Quando tentei pegar a alavanca de câmbio e pisei na embreagem, minha mão direita agarrou o ar e meu pé esquerdo quase atravessou o assoalho. O carro era daqueles modernos, com botões, em que, se você sabe o que fazer, tudo funciona sozinho. Examinei o painel às pressas e encontrei um pequeno retângulo com vários botões, marcados com as letras N, D, R, entre outras. Sempre fui boa em situações de emergência e percebi, de imediato, que essas eram as posições principais do câmbio, se é que havia um câmbio, e que algo sob o capô fazia a mudança automaticamente. Liguei o carro, pressionei N e pisei fundo no acelerador. O carro deu a partida e eu acelerei rapidamente. O motor roncou com raiva, mas o carro não saiu do lugar.

N de Neutro, raciocinei: R de Rodar.

Lamento informar que R era de Ré, mas fico feliz em dizer que o policial não estava mais atrás de mim. Suponho que tivesse ido atrás de outros malfeitores. Por fim, depois de uma nota mental para escrever para a Chrysler e repreendê-los gentilmente pela ambiguidade da engenharia, apertei um botão que provou ser o correto e segui em frente. Dirigi até o cruzamento da 7th Avenue com a 23rd Street, onde outro policial me avisou que eu não poderia virar à direita, então segui até um trecho onde não havia nenhum policial e virei à direita e peguei a primeira rua na qual pudesse dirigir para o leste. Era terrivelmente estreita.

Eu posso dirigir um carro por um terreno arenoso sem atolar, posso atravessar um pasto acidentado sem perfurar o tanque de gasolina e posso até voar por uma rodovia, mas não consigo cruzar uma ponte alta ou percorrer uma rua estreita sem suar frio e me tremer toda.

Minhas mãos e minha testa estavam molhadas quando voltei para onde Clare havia estacionado. Ela não estava lá. Refiz o trajeto e, na segunda vez, decidi que, com ou sem Clare, iria parar.

Foi o que fiz, mas não fazia nem cinco minutos que eu estava parada quando meu amigo da motocicleta reapareceu. Ele me encarou com um ar severo.

— Eu não disse para você tirar o carro? – perguntou ele.

— Você disse – respondi. – Eu obedeci e agora voltei.

— Senhora – retrucou ele – quer uma destas? – Ele me mostrou um bloco de multas.

De repente, me lembrei de uma frase de um romance escolar vitoriano. Tinha sido tão bem escrita que mudou a vida de quem a ouviu, então baixei os olhos e olhei para o volante.

— Por que você fala com tanta aspereza, senhor? – disse baixinho – se estou fazendo o melhor que posso?

Esse apelo aos seus sentimentos mais nobres não surtiu efeito, porque ele enfiou a mão no bolso interno da jaqueta de couro, tirou uma caneta esferográfica e começou a escrever no bloco que havia mostrado para mim. Ainda estava escrevendo quando Clare apareceu.

Ela vinha trazendo um sanduíche comido pela metade.

— Onde você estava? – perguntou ela. – O que ele está fazendo?

— Adivinha – respondi.

Ela deu uma mordida no sanduíche e contornou o carro até o policial. Ele olhou para o rosto simpático de Clare e disse:

— Não quero multar vocês, senhora. Pode entrar no carro e ir embora? Por favor?

— Com certeza – respondeu ela, sorrindo. – Obrigada, seu guarda!

— Onde você estava? – perguntei, enquanto Clare ligava o carro. – Eu dei duas voltas em Manhattan esperando por você.

— Eu não te vi quando voltei, então entrei naquela lanchonete...

Passamos em frente à lanchonete, que ficava a quatro portas do prédio onde Clare tinha ido resolver seus negócios.

— ... fui lá e comprei um sanduíche – continuou ela. – Estou muito nervosa, e quando fico nervosa, eu como – acrescentou. – Sou uma comedora compulsiva, sabe.

— Por que você está nervosa?

Ela me explicou: eram os figurinos.

— Eu achei que você cuidasse da iluminação – comentei.

— Ah, sim, mas tive que resolver isso também. Temos que pegar umas peças de cenografia aqui. – Ela estacionou o carro. Ainda estávamos na 23rd Street. – São muitos detalhes – disse ela.

— Clare – falei. – Eu não vou passar por isso de novo. Você não pode estacionar aqui.

— Vai ser só um minutinho. Estão no térreo.

Fomos salvas por um jovem loiro que saiu do prédio e fez sinal para irmos embora.

— Eles vão multar vocês – avisou ele. – Vão até a esquina, virem à direita e fiquem com o motor ligado. Eles deixam.

Um homem negro e o jovem loiro carregaram algumas peças compridas e estreitas de cenário e as amarraram no teto do carro com uma corda fina.

— Isso vai segurar – disse o homem negro. – Se não segurar, vocês vão descobrir.

— Obrigada, Boyd – agradeceu Clare. – Que horas são?

Meu relógio marcava quatro e cinquenta.

— Não se preocupa – disse ela. – Vou te deixar em casa antes das cinco.

Não sei por que ela fez isso, mas Clare seguiu para o leste na primeira oportunidade, chegou à 3rd Avenue e seguiu por ela até chegar à 42nd Street; então virou para oeste na 42nd Street até chegar à Broadway, onde virou para o norte.

— Tem um lugarzinho aqui que faz os melhores sanduíches de ovo com tomate de Nova York – disse ela – se eu conseguir encontrar. Preciso ligar e avisar a eles pra não fecharem até eu chegar. Acho que eles ficam abertos até cinco e meia, mas não tenho certeza.

— Onde fica? – perguntei.

— Na 91st com a 1st – respondeu ela. – Ah, é aqui.

Ela estacionou em um ponto de ônibus.

— Clare...

— Ah, não fica tão nervosa – disse ela.

Quando fico nervosa, não como, cruzo os braços e os aperto contra o peito com força. Quando percebi que ia fazer isso, descobri que meus braços já estavam cruzados e eu os estava apertando contra o peito.

— Ah, não. Que vício nojento – disse ela. – Desculpa...

Eu estava acendendo um cigarro novo na ponta do antigo.

— Tudo bem – eu disse.

— Onde você mora?

— Na 81st com a York.

— Ótimo – disse ela. Posso te deixar na 86th com a 3rd e depois seguir até a 91st.

— Perfeito – concordei.

Quando parou na esquina da 86th com a Lexington, ela disse:

— Muito obrigada por me ajudar. Você nem imagina como foi útil. Posso contar com você de novo?

— Quando quiser – confirmei.

— Que horas são? – ela perguntou.

— Cinco e vinte – respondi.

— Ótimo! Eles ainda devem estar lá. Até mais! – Ela acenou e foi embora.

A caminhada não me fez bem. Quando cheguei ao meu apartamento, fui ao banheiro, coloquei a tampa no ralo da banheira e abri a torneira da água quente. Fui até o armário da cozinha, peguei uma garrafa de bourbon e um copo. Enchi o copo até a metade com uísque, voltei ao banheiro e o coloquei na borda da banheira. Fui até a sala e peguei um livro da estante: *A forty years' friendship: Letters from the late Henry Scott Holland to Mrs. Drew.** Levei-o para o banheiro, coloquei-o ao lado do copo de uísque e tirei a roupa. Misturei água fria com a água quente até ficar suportável, entrei na banheira, bebi meu uísque e li meu livro:

> Estou tomado pelo horror. Um rumor chegou até mim, por meio dos Clives, creio eu, de que a sra. Gladstone mencionou que o sr. Gladstone queria ver um dos meus sermões – e, na realidade, mi-

* *Quarenta anos de amizade: Cartas de Henry Scott Holland à sra. Drew.*

nha família crédula acreditou nisso, e minha irmã transcreveu tudo e enviou para Hawarden... Só de imaginar tamanha presunção, sou tomado de alarme e indignação. Só posso apelar a você. Será que poderia interceptá-lo e livrar-se dele?

Não, nunca mais. Nem mesmo por Gerald Gray.

O suprassumo

Quando nossos pais morreram, minha irmã, uma advogada solteirona, vendeu nossa casa e construiu outra em um novo bairro da cidade, chamado pelos moradores de The Ridge. Foi melhor assim, porque Doe previa dificuldades em administrar a casa antiga e seu escritório de advocacia: um dos dois acabaria negligenciado, e quem conhecia Doe não teria dificuldade de adivinhar qual. A nova casa era como ela: cada uma das peculiaridades tinha uma razão de ser. Era em estilo georgiano, mas havia uma passagem coberta entre a garagem e a cozinha: uma única gota de chuva e Doe ficava resfriada. Havia portas holandesas na frente, nos fundos e na varanda lateral: se Doe quisesse andar pela casa nas tardes quentes de domingo vestindo apenas a parte de cima do pijama, tinha a garantia do ar fresco de Deus e de sua privacidade. A cozinha era enorme, antiquada (ela se recusou a instalar um fogão elétrico na casa), mas tão bem organizada quanto uma de suas exposições de argumentos à Suprema Corte. Embora correntes de ar repentinas agravassem a artrite em seu ombro (seu médico dizia que não, mas Doe retrucava que o médico não tinha artrite), havia um ventilador enorme no corredor, que ela ligava quando recebia visitas. Sempre que Doe se sentava, seus pés buscavam automaticamente um apoio para descansar alguns centímetros acima do chão, por isso havia pufes na frente de todas as poltronas da sala de estar.

Doe não amava a nova casa. Ela amava apenas três coisas neste mundo: o estudo e a prática do direito, camélias e a Igreja Metodista. Era uma autoridade em cada um desses assuntos. O tempo gasto com qualquer outra coisa era tempo perdido, e era por isso que eu sempre sentia os quinze anos de diferença entre nós quando ela era obrigada a acordar às duas e meia da manhã para me buscar em Mobile em minha visita anual. Quando descia a rampa do aeroporto, eu sempre sentia um vago receio de encontrar seus olhos furiosos e sua boca severa, como quando eu era criança e ela me arrastava para fora do cinema a uma hora imprópria. É óbvio que isso nunca aconteceu. Ela sempre ficava feliz ao me ver, e isso me deixava feliz, porque eu a amava profundamente.

Nas duas horas de viagem de Mobile a Maycomb, Doe me atualizava sobre tudo na cidade, depois passava a falar sobre camélias, a Wesleyan Service Guild* e as questões le-

* Fundada em 1921, a Wesleyan Service Guild era uma organização da Igreja Metodista voltada para mulheres que trabalhavam fora de casa, oferecendo atividades espirituais e de serviço. (N. *da* T.)

gais com as quais estava lidando. Títulos de propriedade e leis tributárias nunca me fascinaram, mas Doe tinha tanto talento para contar histórias que eu sempre esquecia que ela dirigia rápido demais, que tinha o hábito de olhar atentamente para qualquer coisa na beira da estrada que chamasse sua atenção e que se mantinha tão firme no lado direito da pista que, se algum dia se envolvesse em um acidente, seria por obedecer a lei com demasiado rigor.

Em minha última viagem para Maycomb de carro com ela, Doe ficou falando de camélias durante todo o trajeto. Não, é melhor dizer que, dessa vez, as camélias envolviam Arthur, seu novo jardineiro, que a deixava satisfeita, o que foi uma revelação. Fazia menos de um ano que ela morava em The Ridge, já tinha trocado de jardineiro quatro vezes e acabara reduzindo todos a meros cortadores de grama, não permitindo que uma única mão negra tocasse seus arbustos.

— Mal posso esperar para você ver ele trabalhando – disse ela. – Ele é completamente diferente de qualquer pessoa que já tenha colocado a mão naquele jardim. Você não precisa dizer uma palavra, não precisa ficar em cima dele nem por um minuto. No primeiro dia de trabalho, ele cortou toda a grama antes do meio-dia e, quando cheguei do escritório, estava regando minhas camélias. Fiquei apavorada, mas quando fui verificar os estragos, descobri que ele tinha podado todas sem danificar *nenhuma*. Depois disso... bem, deixei ele à vontade. Não preciso mandar ele fazer nada, ele simplesmente faz tudo o que precisa ser feito no jardim. Não é maravilhoso?

Doe olhou para mim por tanto tempo que eu respondi apenas que sim, para que ela voltasse a prestar atenção na estrada.

— Ele é o único negro com quem já conversei que entende o que eu digo quando falo. Agora quero lhe dizer uma coisa, querida – prosseguiu ela. – Leva um tempo pra gente se acostumar com o Arthur.

— Se acostumar?

— É – disse Doe. – Ele é um ianque.

— O quê? – indaguei.

— Um ianque. Um negro ianque.*

— Em Maycomb? Na nossa cidade natal?

— É. – Doe assentiu com a cabeça, satisfeita. Ela sempre gostava de tentar me chocar, e dessa vez conseguiu. – Ele tem tanta educação formal quanto você.

— Nossa – foi tudo o que consegui dizer. Talvez ele fosse surdo-mudo. Ou quem sabe um ativista da NAACP: se fosse, que achado para Doe, pensei.

— Ele veio de algum lugar da Pensilvânia – explicou ela. – Joe e Alice Lindley o encontraram perto do condado de Abbott e ofereceram trabalho na propriedade deles. Ele mora num quartinho que Joe construiu junto da garagem e trabalha quatro dias por semana pra eles. Trabalha pra mim um dia e pros Cleburne no outro.

---

* Negros ianques eram afro-americanos do Norte dos Estados Unidos, frequentemente associados ao ativismo abolicionista e a maiores possibilidades de educação e mobilidade social em comparação aos negros do Sul, mas que ainda enfrentavam o racismo estrutural e a segregação racial. (N. *da* T.)

Ela me deu um minuto inteiro para digerir essa informação.

— Agora, querida – disse ela –, você vai precisar de um tempinho pra se acostumar com ele. De vez em quando, vai ter que colocar Arthur no lugar dele, mas faça isso com jeito. Não deixa ele te irritar. Ele é diferente de todos os negros que você já conheceu.

Eu me contive para não lembrar a Doe que, nos últimos sete anos, tinha vivido na cidade de Nova York, onde, entre outras coisas, mais de oito milhões de pessoas desfrutam dos benefícios da democracia.

Mas, cá entre nós, ele de fato era diferente. Não que me irritasse, mas eu me sentia profundamente desconfortável perto dele. Se estivéssemos em Nova York e não em Maycomb, no Alabama, eu nem teria prestado atenção nele.

Arthur era uma raridade. Sua postura não era a de humildade estudada e deliberada, como os que se formavam no Tuskegee Institute,* mas se ele tivesse sido um pouco arrogante, se tivesse ostentado sua educação como se fosse um traje de domingo – se, como o restante deles hoje em dia, tivesse se esforçado para me olhar diretamente nos olhos com inibição ao se dirigir a mim, eu não teria sentido nenhum incômodo.

---

* O Tuskegee Institute foi uma instituição de ensino superior fundada em 1881 no Alabama com foco na educação de afro-americanos, especialmente em áreas técnicas e profissionais. Tornou-se um símbolo do progresso negro pós-escravidão e um importante centro de excelência acadêmica e científica. (N. *da* T.)

Em vez disso, Arthur se mantinha estritamente dentro dos limites estabelecidos pelas convenções do Sul; ele respeitava tanto o espírito quanto a letra dessas convenções, não por serem sulistas, mas porque eram determinados pela simples cortesia que uma pessoa deve a outra, sem qualquer relação com a interpretação que alguém fizesse da Constituição.

Arthur adorava o jardim de Doe. Mantinha a grama aparada com precisão militar; por iniciativa própria, tinha plantado um canteiro de zínias em um canto afastado do quintal; ele e Doe tinham começado um complexo trabalho de enxertia, no qual Arthur saíra com vantagem. Mesmo nos dias em que trabalhava para os Lindley, nunca deixava de regar as camélias de Doe no fim da tarde. Ele gostava dela; gostava de trabalhar para ela, e Doe era boa para ele. Toda quarta-feira, ele pedia um adiantamento de um dólar do pagamento de sexta para ir ao cinema; de vez em quando, aparecia pela cerca viva que separava os quintais de Doe e dos Lindley para perguntar se poderia cortar alguns gladíolos para seu encontro à noite. Doe disse que ele cortejava as professoras negras e desfrutava de certo status entre os negros de Maycomb.

— É porque ele é meio branco – explicou ela.

De fato, ele era: tinha a pele morena clara, nariz afilado, boca estreita e orelhas de abano. As pernas eram ligeiramente arqueadas e já havia fios grisalhos no cabelo. Calculei que ele tivesse pouco mais de cinquenta anos.

Certa noite, ele apareceu na porta da cozinha e perguntou por Doe. Eu a chamei, e ele disse:

— Senhorita Doe, quero mostrar umas fotos da minha família.

Doe passou dez minutos admirando os parentes dele. Um estudava em Cornell ou em algum lugar parecido, outro estava na Força Aérea, acho. Eram pessoas com estrutura óssea delicada e ar inteligente.

Doe estava certa: levei um tempo para me acostumar com Arthur. Doe disse que era porque eu não conseguia me acostumar com a ideia de ter um negro emancipado tão próximo e isso provava que, não importava quanto tempo vivesse longe de casa, eu sempre seria de Maycomb, no Alabama, ao que eu respondi com um silêncio atípico, pois Doe era uma segregacionista convicta, eu não, e a última coisa que eu queria era uma briga que me afastasse da única família que me restava. Suponho que muitas pessoas como eu tenham já aprendido a primeira lição sobre viver em casa hoje em dia: se não concorda com o que ouve, coloque a língua entre os dentes e morda com força.

Arthur me deixava nervosa porque deixava tanto por dizer. Apesar me matar de susto ao aparecer inesperadamente e em silêncio, na porta dos fundos, ele parecia ter as melhores intenções do mundo. Uma noite, tentei explicar meu sentimento a Doe.

— É porque ele está aqui – falei. – Por que ele escolheu vir pra cá? É como se você decidisse se punir ou tentasse carregar um fardo pesado demais pra você. Por que ele veio pra cá sabendo como é?

— Talvez ele seja uma dessas raras almas que sabem o que é bom para si – respondeu ela. – Talvez ele goste mais deste tipo de vida do que da competição feroz. Aqui nós não odiamos pessoas de cor, você sabe.

— Você quer dizer que ele prefere o despotismo benevolente? Duvido.

— Eu prefiro viver em paz aqui a viver em um país em conflitos raciais – disse Doe.

Evitei um sermão sobre os males de Detroit perguntando:

— O que você realmente sabe sobre ele?

— Nada além do que já te contei e do que ele disse sobre a família. Ele está aqui há seis meses sem causar nenhum problema. Se Joe Lindley diz que ele é bom, isso é o suficiente para mim. O que nós sabemos sobre negros?

Eu abri a boca para responder, mas fechei-a e fui para a cama.

Quando já fazia quase duas semanas que eu estava em casa, Doe teve um trabalho de pesquisa e análise de documentos relacionados à propriedade de um imóvel em Mobile que a manteria lá por vários dias, e eu a acompanhei com a intenção de tomar sol na praia de Dauphin Island. Ficamos em Mobile de segunda a sábado: choveu todos os dias, não cheguei nem perto da praia, Doe estava irritada porque não tinha terminado seu resumo e, para completar, as ervas daninhas estavam com mais de um palmo de altura no jardim da frente quando chegamos em casa.

Os Lindley não estavam nem falando com Arthur: ele tinha ido para Selma passar um fim de semana prolongado de cinco dias sem dizer uma palavra a ninguém. Alice

Lindley tremia de raiva quando contou a Doe e a mim, mas Joe disse:

— Eles precisam se libertar de vez em quando.

Arthur estava envergonhado, Doe achou graça da escapada dele e eu fiquei intrigada. Como os Lindley mantiveram um silêncio obstinado por vários dias, Arthur procurava Doe para ter algum tipo de contato humano. Ele nunca vinha até mim. Eu os vi várias vezes conversando no jardim e, certa vez, quando perguntei a Doe sobre o que eles estavam falando, ela disse que tinha dito a Arthur que queria plantar um canteiro de narcisos na primavera seguinte, e Arthur respondeu: "Narciso. É o rapaz que se olhou no lago." Doe disse que pretendia mantê-lo a qualquer custo, que nunca tinha visto um como ele e nunca mais veria.

— E se ele simplesmente for embora? – perguntei. – Ele poderia estar ganhando quatro vezes mais do que ganha por aqui.

— Duvido que ele vá embora – disse Doe.

Mas ele foi.

Uma semana depois, num domingo à tarde, Joe Lindley apareceu e pediu para falar com Doe. Joe era um sujeito tímido, então perguntei se ele queria falar com ela em particular.

— Não, talvez te interesse ouvir. Doe – disse ele, quando ela apareceu –, quero conversar com você sobre Arthur. Ele foi embora.

Doe se sentou no sofá.

— Senta, Joe – disse ela.

Ele passou as pernas em torno de um pufe, esfregou a nuca e disse:

— Eu não sei muito bem por onde começar.

— Começa por quando você encontrou ele – disse Doe.

— Bem, em primeiro lugar, Doe, eu dei a minha palavra ao Arthur que não ia contar a ninguém sobre isso, mas depois do que ele fez, acho que devo uma explicação a você e a todo mundo pra quem ele trabalhou. Eu estava numa posição muito peculiar em relação a ele. Queria ter te contado, mas prometi a ele que não ia contar, então foi isso.

— Lógico, Joe. Eu entendo – disse Doe.

— É. Bem – disse Joe, e parou. Ele começou novamente: – Veja bem, ele está em liberdade condicional há seis meses, sob minha responsabilidade.

Doe sorriu.

— Eu imaginei que fosse algo assim – disse ela. – Ele tinha todas as características.

— Você não deixa passar nada, não é?

— É o meu trabalho não deixar – disse ela. – Continua.

— Ele foi visitar uns parentes e todos ficaram bêbados uma noite e tentaram invadir uma loja. O carro velho deles quebrou antes que conseguissem andar dois metros e eles foram pegos. Arthur pegou a pena máxima. Ele era do Norte e não sabia como se comportar diante de um juiz. Isso foi há vinte anos.

— Ele passou vinte anos na prisão? – As duas linhas tênues entre as sobrancelhas de Doe ficaram tensas.

— Vinte anos.

— Parece tempo demais para uma simples invasão de propriedade. Você está me contando tudo? – A advogada dentro de Doe estava despertando.

— Estou. Ele teve direito à liberdade condicional em fevereiro. O Jemson, o diretor do presídio, disse que o Arthur era o homem negro mais inteligente que ele já tinha visto. Eu fui caçar com o Jemson num fim de semana, foi assim que o conheci. Nossa casa estava ficando grande demais pra Alice cuidar sozinha, e o Jemson queria ajudar o Arthur a começar com o pé direito quando ele fosse libertado. Ele disse que o Arthur era o suprassumo, que os ianques o educaram e os guardas ensinaram a ele o seu lugar.

— Sim – disse Doe secamente.

— Eu deixei bem explicado, desde o início, que acolher ele teria um custo, como a construção daquele quarto. Disse que não queria nenhuma aglomeração lá nos fundos, nem bebida, e que ele poderia aceitar ou ficar na prisão. Ele seria minha responsabilidade e eu não permitiria que ele perturbasse a vizinhança.

Joe se mexeu e se reacomodou no pufe.

— Você sabe tão bem quanto eu que ele tinha a melhor situação que alguém na situação dele poderia ter. Alice até o ensinou a fazer a cama.

Joe chutou o pufe para longe e se levantou.

— Eu devia ter previsto isso. Foi quando comprei aquele carro velho pra caçar. Na primeira vez que viu o carro, ele perguntou se eu venderia pra ele. Ficava o tempo todo atrás de mim, querendo que eu deduzisse o valor do carro do pagamento semanal dele e, como você sabe, ele nem sabia dirigir.

— O que ele pretendia fazer com o carro? – perguntou Doe.

— Os amigos dele iam dirigir.

Doe suspirou.

— Mas o que me mortifica – disse Joe – é que eu disse a ele que, se ficasse aqui por dois anos e não causasse problemas, todos nós tentaríamos conseguir um perdão para ele.

— Eu mesma teria feito isso por ele – disse Doe. – Mas o que fez ele decidir ir embora assim?

— Foi quando ele sumiu sem dizer nada naquela semana. Foi demais pra ele. Ele disse: "Sr. Lindley, eu dirigi até Selma num Buick."

Ficamos todos em silêncio. Joe mordeu o lábio superior. Por fim, ele disse:

— Deus sabe, Doe, que eu avisei a ele. Eu disse que, se ele saísse daqui, bastaria um passo em falso e ele voltaria pra prisão pelo resto da vida. Bastava um acidente, um carro cheio de negros, e seria adeus, Arthur. Seria o fim da linha. Ele teve a ideia maluca de trabalhar em um restaurante em Selma.

— Você falou com o agente da condicional?

— Eu disse ao agente da condicional até ficar rouco que essa era a pior coisa que poderia acontecer com ele. Você sabe o que ele fez?

— Quem? O agente da condicional?

— Não. O Arthur. Ele inventou uma história de que eu estava tentando me livrar dele de qualquer maneira e contou ao agente da condicional pra ele ter que encontrar outro lugar. Pelas minhas costas!

— Isso é típico – disse Doe. – Eles fazem qualquer coisa pra conseguir o que querem.

— Um perdão, pra poder ir pra qualquer lugar do mundo, um emprego e um bom lar pro resto da vida. O que mais alguém poderia querer?

— Sua própria gente – disse Doe. – Ele ficava muito isolado aqui. Isso nunca sai deles.

Joe se dirigiu para a porta.

— Bem, é isso. Tenho que contar ao resto do pessoal de The Ridge sobre ele. Vão ficar furiosos. – Ele acenou com a cabeça para mim em despedida.

— Você não consegue convencê-lo a ficar? – perguntou Doe.

— Sem chance – respondeu ele. – Ele só pensa no carro.

— Como uma criança – disse Doe.

— Sabe o que ele me disse antes de ir? "Sinto muito, sr. Lindley, preciso me divertir um pouco antes de ficar velho demais pra aproveitar a vida. Daqui a cinco anos, vou ter sessenta anos, e vou estar velho demais pra aproveitar qualquer coisa."

Doe balançou a cabeça.

— Não pensa no futuro – disse ela. – Não tem nenhum plano de vida. – Ela suspirou novamente. – Eu esperava que ele fosse realmente diferente. Ele não pode evitar, Joe. Não culpa o Arthur. Ele é apenas um negro, só isso, e não pode deixar de ser um.

Estava começando a chover, e ela fechou a porta da frente depois que Joe saiu. Voltou para a sala, ergueu as sobrancelhas para mim e fez uma careta. Pegou o *Montgomery advertiser*, sentou-se e começou a lê-lo de trás para a frente, como costumava fazer.

— Doe? – chamei depois de um tempo.

— O que foi? – rebateu ela. Olhou para mim por cima do jornal. De repente, me senti com dez anos de novo.

— Nada – respondi.

Ela voltou a ler.

A terra da doce eternidade

É uma verdade universalmente reconhecida pelos cidadãos de Maycomb, no Alabama, que uma mulher solteira, de posse de pouco mais do que um bom conhecimento da história social inglesa, deve estar atrás de alguém com quem conversar. Isso ficou evidente para Maycomb menos de uma semana depois que ela voltou para casa; para ela mesma, ficou nítido em dois dias que não conseguiria manter uma conversa casual por quinze minutos com pessoas que conhecia a vida inteira sem morrer aos poucos. Ela achava que esse problema se devia principalmente a sua incapacidade de dar uma resposta adequada à pergunta "E então, como está Nova York?", que invariavelmente se seguia a um relato sobre a situação de quem quer que fosse com quem ela estivesse conversando, e que era lançada sobre ela com a rapidez de um passe lateral.

O verão teria sido suportável se sua família tivesse escolhido se comunicar com ela, mas o pai e a irmã estavam atolados até o pescoço em uma transação de terras envolvendo uma madeireira e respondiam a tudo o que ela dizia com resmungos absortos e afáveis, que se transformavam em franca irritação se ela insistisse em qualquer tentativa de conversa que exigisse dois minutos de raciocínio consecutivo. As pessoas a quem, na sociedade secreta da infância, ela havia prometido lealdade eterna havia muito tinham se casado e estavam criando filhos, empreitada que parecia consumir toda a sua energia e imaginação. A geração anterior à sua, com filhos já grandes demais para apanharem, dedicava seu tempo à aquisição de eletrodomésticos. Não havia prazer nem mesmo em olhar para a cidade: a Maycomb de sua infância era uma coisa; a Maycomb de agora estava repleta do brilho vulgar do neon e de centenas de casinhas novas que um tornado embrionário reduziria a espirais de entulho com um simples sopro. Então, ela dedicou o verão às únicas instituições que encontrou mais ou menos inalteradas: o campo de golfe de Maycomb, que cultivou em silêncio por três meses, e a Igreja Metodista, aonde ia todos os domingos e cantava hinos a plenos pulmões.

Não há nada como um hino arrepiante para fazer alguém se sentir em casa. Toda a sensação de isolamento desaparece na presença de cerca de duzentos pecadores suplicando sinceramente para serem mergulhados em uma torrente vermelha e redentora. Ao oferecer ao Senhor os resultados das alucinações do sr. Cowper,* ou ao declarar que era o Amor que a elevava, Jean Louise partilhava da calorosa camaradagem que prevalece entre indivíduos diversos que entram no mesmo barco durante uma hora por semana.

Ela estava completamente despreparada para o que aconteceu imediatamente após a coleta de doações no domingo anterior à sexta-feira em que deveria retornar a Nova York. Os metodistas de Maycomb cantam o que chamam de "Doxology" em vez de o pastor orar sobre o prato de coleta, para poupá-lo do esforço de inventar mais uma oração, já que, a essa altura, ele já havia proferido três invocações. Desde os seus primeiros registros eclesiásticos, os metodistas de Maycomb cantavam "Doxology" de uma única maneira:

Louvemos... o Senhor... que concede... todas... as graças.

Uma interpretação tão arraigada no ritual dos metodistas do Sul quanto o próprio Serviço Fúnebre. Naquele domingo, a congregação estava inocentemente limpando a garganta para cantar o hino como de costume quando, do nada, a sra. Clyde Haskew desabou sobre o órgão:

---

* William Cowper (1731-1800) foi um poeta e compositor de hinos inglês, cuja obra foi fortemente influenciada por episódios recorrentes de depressão e de alucinações, na época interpretados como revelações divinas, embora, hoje, entenda-se que possivelmente fossem decorrentes de alguma condição psiquiátrica, como depressão maior ou transtorno afetivo bipolar. (N. *da* E.)

Louvemos o Senhor que concede todas as graças,
Louvem-no todas as criaturas da Terra
Louvem-no nas alturas, ó, hostes celestiais
Louvados sejam o Pai, o Filho e o Espírito Santo!

Na confusão que se seguiu, se o arcebispo de Canterbury tivesse aparecido em toda a sua pompa, ela não teria ficado nem um pouco surpresa. A congregação não percebeu nenhuma mudança na interpretação que a sra. Haskew fazia havia uma vida inteira e entoou "Doxology" até o amargo fim, como havia aprendido, enquanto a sra. Haskew avançava desenfreadamente, como se aquilo fosse algo saído da Catedral de Salisbury.

Seu primeiro pensamento foi que Henry Hackett havia enlouquecido. Henry Hackett era diretor musical da Igreja Metodista de Maycomb desde que ela se lembrava. Era um homem grande e bom, com uma voz suave de barítono, que dirigia, com tato, um coral de solistas reprimidos e tinha uma memória infalível para os hinos favoritos dos Superintendentes Distritais. Nas diversas guerras eclesiásticas que parecem ser parte da fé metodista, Henry era considerado a única pessoa capaz de manter a cabeça fria, dando conselhos quando solicitado e reconciliando os elementos mais primitivos da congregação com a facção de reformistas mais radicais. Havia dedicado trinta anos de seu tempo livre à igreja, que recentemente o havia recompensado com uma viagem a um acampamento musical metodista na Carolina do Sul.

Seu segundo impulso foi culpar o pastor. Havia muito que suspeitavam de suas inclinações liberais; alguns achavam que ele era amigável demais com seus irmãos ianques; recentemente, ele havia saído um tanto arranhado de uma controvérsia sobre o Credo dos Apóstolos; e, pior de tudo, era considerado ambicioso. Ela estava montando um caso irrefutável contra ele, que foi prontamente descartado quando se lembrou de que ele era incapaz de distinguir tons musicais. Então, ela voltou sua atenção para Henry e ficou olhando diretamente para ele durante o resto do culto. Decidiu que ele não estava doente, apenas cansado, mas, apesar de seus esforços para reprimi-la, sentiu que a diversão estava se transformando em indignação. Como ele ousava mudar? Será que estava tentando levá-los de volta à Igreja Mãe? O que exatamente ele pensava que estava fazendo? Se tivesse permitido que a razão prevalecesse, ela teria percebido que Henry Hackett, que administrava um armazém de algodão seis dias por semana com grande rigor, tinha pouco interesse ou talento para sutilezas ritualísticas. Qualquer que fosse seu motivo, era puro. No entanto, por mais puro que fosse, ela achava que ele estava pisando em terreno perigoso, se é que estava pisando em algum terreno, pois o metodismo é notoriamente pobre em teologia e rico em boas obras.

O pastor proferiu a bênção e estava a caminho da porta quando ela interceptou Henry, que havia ficado para fechar as janelas. Ela percebeu que não era a primeira: ele já estava conversando com um jovem alto cujo rosto pertencia à família Wade, mas cujo corpo mostrava uma forte influência de Talbert. Era Talbert Wade, é claro. Ela não o via desde criança.

— ... não devia fazer dessa forma, sr. Hackett – o jovem estava dizendo. – Nós somos metodistas.

Ela ouviu as razões apresentadas pelo jovem Talbert para que o sr. Hackett não fizesse aquilo. Eram razões válidas. Henry interrompeu Talbert e os apresentou.

— Meu jovem – disse ela – ou você frequentou igrejas na Inglaterra ou assistiu à coroação na televisão com uma perspicácia notável. Qual das duas coisas?

— Ambas – respondeu ele, com um sorriso encantador.

— Henry? – chamou ela.

Henry ergueu as mãos como se quisesse se proteger do que viria em seguida.

— Não olha pra mim – disse ele. – Foi assim que nos ensinaram a cantar no Acampamento Charles Wesley.

— Você não vai aceitar uma coisa dessas de braços cruzados, vai? – retrucou ela. – *Quem* te mandou fazer isso?

— O professor de música. Ele era de Nova Jersey. Deu uma aula sobre o que há de errado com a música das igrejas do Sul.

— Ele fez isso? – perguntou ela.

— Fez.

— O que ele disse que havia de errado com os nossos hinos?

— Ele disse que mais valia cantarmos "Meta o focinho por cima da borda de onde o Evangelho transborda", como a maioria das coisas que cantamos. Disse que deveriam banir Fanny Crosby pela lei da Igreja e que o hino "Rocha eterna" era uma abominação perante o Senhor.

— Ah, é?

— Ele disse que temos que animar a "Doxology".

— Animar? Como?

— Do jeito que cantamos hoje.

Ela se sentou no primeiro banco. Aparentemente, pensou, nossos irmãos do Norte não se contentam apenas com as atividades da Suprema Corte: agora também querem mudar nossos hinos.

— Ele disse que temos que nos livrar dos hinos sulistas e aprender outros – continuou Henry. – Eu não gostei... os que ele sugeriu nem têm melodia.

— Hinos sulistas? – indagou ela. – Henry, vamos analisar isso. Vejamos, ele quer que a gente cante "Doxology" como a Igreja da Inglaterra, mas depois muda de ideia e quer eliminar "Abide with me" [Fica comigo]?

— Exato.

— Lyte. E "When I survey the wondrous cross" [Quando contemplo a cruz maravilhosa]?

— Esse também – disse Henry. – Ele nos deu uma lista, e acho que esse está lá.

— Ele deu uma lista? Imagino que "Onward Christian soldiers" [Avante, soldados de Cristo] esteja incluído.

— No topo – confirmou Henry.

— H. F. Lyte, Isaac Watts, Sabine Baring-Gould. – Ela se permitiu o luxo de pronunciar o último nome com o sotaque do Condado de Maycomb: "as" e "is" prolongados e uma pausa entre as sílabas. Foi delicioso. – Todos ingleses, Henry, genuínos e tradicionais. Quer descartar esses, mas cantar "Doxology" como se estivéssemos todos na Abadia de Westminster, não é? Bem, deixa eu dizer uma coisa...

Ela olhou para Henry, que acenava com a cabeça, concordando, e para Talbert Wade, que permanecera tão silencioso durante todo o tempo que ela quase se esquecera de sua presença.

— Esse professor é um esnobe, Henry, e isso é um fato.

— Ele era meio maricas – murmurou Henry.

— Aposto que sim. E você vai concordar com toda essa sandice?

— Óbvio que não – respondeu ele. – Pensei em experimentar uma vez, só pra confirmar o que eu já imaginava. A congregação nunca vai aprender. Além disso, eu gosto dos antigos.

— Eu também, Henry – respondeu ela.

Ela se levantou para ir embora.

— Bem, adeus. Nos vemos no ano que vem, nesta mesma época. Vou embora na próxima sexta.

Eles apertaram as mãos sob um manto de gentilezas. Ela acenou com a cabeça para Talbert e estava no meio do pátio da igreja quando se virou e se deparou com Talbert em seus calcanhares.

— Quer carona? – perguntou ela.

— Não, obrigado. Eu vim no meu carro.

Ao se sentar no banco do motorista, ela percebeu que ele ainda estava parado ali. Era um jovem bem-apessoado, que combinava os melhores traços dos Talbert e dos Wade. Devia ter uns vinte e um anos.

— Tudo bem se eu passar na sua casa hoje à tarde? – perguntou ele.

— Com certeza – respondeu ela, mas então mudou de ideia. Restavam poucos dias para jogar golfe, e ela relutava em sacrificar seu ritual de domingo à tarde para entreter jovens. Olhou para ele com certa melancolia: devia estar impregnado da Europa, tinha um ar suspeito de quem havia voltado de uma longa viagem com um terno da Brooks Brothers na mala. Era obviamente inteligente, mas recém-saído do casulo comatoso da adolescência para aquela fase de brilhantismo agressivo, quando cada emoção humana é dissecada e meticulosamente catalogada; seria pretensioso, seria extremamente categórico, seria insuportável, e ela seria grosseira.

Ele percebeu a relutância dela.

— Eu não vou atrapalhar seus planos, vou? – perguntou.

— De jeito nenhum – mentiu ela. – Você bebe café, não bebe? Então ótimo.

Ela dirigiu para casa. O pai e a irmã estavam em Mobile naquele fim de semana, e ela estava sozinha. Almoçou na mesa da cozinha, vestiu calças, ficou de mau humor e tinha acabado de se jogar na espreguiçadeira da varanda quando a campainha tocou.

Talbert não perdera tempo. Ele a cumprimentou com uma segurança incomum entre os rapazes de Maycomb. Seus modos eram tão descontraídos e graciosos quanto seu andar desengonçado. Ela começou a se sentir melhor, depois pior: era muito provável que ele estivesse perdidamente apaixonado por si mesmo.

— Eu achei que fosse morrer na igreja hoje de manhã – disse, sentando-se.

Ela pensou, com saudade, no campo de golfe e no prazer que sentia ao ouvir o estalo seco de uma bela tacada. Com o que esperava ser um esforço invisível, tentou organizar seus sentimentos para dar uma aparência de imparcialidade: Dê uma chance ao rapaz, pensou. Dê uma chance ao garoto.

— Achei que fosse definhar e morrer – acrescentou Talbert, quando ela não respondeu de imediato.

— Você parece ter se recuperado – disse ela educadamente. – No que está se especializando?

— Economia – respondeu ele, o que foi suficiente para fazê-la abandonar qualquer impulso generoso que pudesse ter tido de manter sua parte na conversa.

— Então acho que vamos ter uma tarde de Alto Evangelicalismo – murmurou ela.

— O quê? – ele disse.

— Eu disse que acho que vamos ter uma tarde de Alto Evangelicalismo.

Se ficou ofendido, ele não demonstrou; assim, seu próprio mau comportamento voltou para assombrá-la.

— Você sabe como é Maycomb. Não tem nada pra fazer nesta cidade aos domingos, a não ser ler *Vida santa e morte santa.**

---

* Refere-se à obra *Holy living and dying*, um livro devocional cristão escrito por Jeremy Taylor, com orientações sobre como levar uma vida virtuosa e se preparar para uma morte santificada. (N. *da* E.)

— É – disse ele, sorrindo. – Estou em casa há uma semana e já me sinto como Augustus J. C. Hare.*

— Como? – perguntou ela.

— Eu disse que...

— Desculpa, Talbert, eu ouvi da primeira vez...

Ela olhou para ele com severidade. Ele ainda não era bem um homem; o rosto e as mãos eram lisos, ainda não marcados pela maturidade.

— ... só estava me perguntando de que firmamento rarefeito você arrancou Augustus J. C. Hare?

— Você me mata com seu jeito de falar às vezes – disse Talbert. – Hoje de manhã...

— Vou ficar mais disposta a matar você de verdade se não me disser o que diabos sabe sobre Augustus J. C. Hare – disse ela com severidade.

— Ah, *você sabe*. – O rapaz ergueu as mãos preguiçosamente, com as palmas para cima, e deixou-as cair no colo. – Ele se envolveu com todos aqueles Maurice quando era criança, puseram coletes ortopédicos nele, tiravam o jantar pra que ele não sucumbisse à gula e sempre chamavam o tio Julius para tirá-lo de debaixo da cama. O tio Julius se casou com uma Maurice, você sabe, e ela era a melhor amiga da mãe adotiva de Augustus, então ele foi criado como evangélico e foi só com trinta e cinco anos que o coitado. .

---

* Augustus John Cuthbert Hare (1834-1903) foi um clérigo e escritor inglês, conhecido por suas aquarelas e descrições do Mediterrâneo. Nascido em Roma, foi adotado por uma tia ainda na infância e educado na Inglaterra, onde se formou na University College, em Oxford. (N. *da* T.)

Pela segunda vez naquele domingo, ela ficou sem palavras.

— ... que ele... você sabe... e toda vez que isso acontecia, ele fazia uma grande cruz preta em seu diário!

Com certa precipitação, ela disse a Talbert que ia buscar o café. Em segurança na cozinha, curvou-se sobre a pia, rindo em silêncio. Um pouco confusa, tentou identificar a fonte da narrativa de Talbert: as memórias de Hare, naturalmente, mas tinha uma vaga lembrança de que o último fato estava em um dos ensaios mais obscuros de Somerset Maugham. Bem, pensou.

Mas serviu o café a Talbert sem fazer comentários. Estava longe de confiar nele: provavelmente aquela era sua piada habitual para entreter mulheres mais velhas, e tinha certeza de que ele a considerava um caso avançado de decrepitude. Já tinha conhecido muitos como ele; era possível encontrar uma infinidade deles sentados nas extremidades de sofás em apartamentos do Upper East Side. Ela decidiu enfrentá-lo, pisar nele e acabar com aquilo rapidamente. Ainda teria tempo para dezoito buracos antes do pôr do sol.

— Você se lembra de quando o tio Julius ficou noivo? – perguntou ela casualmente, levando sua artilharia pesada para o *front*.

Talbert olhou para um poste distante.

— "Foi o noivado mais lúgubre que já vi" – citou ele. – "Esther soluçava e chorava, minha mãe soluçava e chorava, tio Julius soluçava e chorava diariamente. Eu costumava vê-los sentados, de mãos dadas, chorando às margens do Rotha." Isso está no primeiro volume.

— Seu malandro – disse ela.

Talbert se deleitou como um cachorrinho sob as ondas de aprovação dela.

— Por que diabos você memorizou a autobiografia do Augustus Hare? – perguntou ela. – Você parece ser bastante atlético.

— Eu li e adorei.

— Isso não é resposta. O que mais você leu? Desse tipo, quero dizer.

— Não me olha assim e eu tento responder.

Ela era uma daquelas pessoas que, quando demonstram aprovação, parecem furiosas, e só então percebeu que havia prendido Talbert à cadeira como uma mariposa num alfinete. Ela o libertou com o sorriso mais cordial que conseguiu, e ele relaxou.

— Desculpa – disse ela. – Continua.

— Bem, digamos que os vitorianos são uma espécie de *hobby* meu. Li tudo o que consegui encontrar sobre eles.

— Ah? E o que te levou a mergulhar no século XIX?

— Eu estava com saudade de casa.

— Saudade *de casa*?

— Você sabe, eu estou na Northwestern há três anos. Lá é diferente. Você sabe como é. Bem, minha mãe e meu pai disseram que eu beberia até secar o Alabama, então me mandaram para a Northwestern. No começo, foi um inferno, mas depois começou a melhorar. Bem, eu tive que ler *Rainha Vitória*, de Strachey... não é a coisa mais incrível que você já leu?

— Não – respondeu ela.

— Bem, de qualquer forma, eu tive que ler para uma aula de literatura e me lembrou tanto Maycomb que uma coisa levou à outra, sabe?

— Te lembrou muito Maycomb?

Talbert assentiu.

— As famílias e tudo mais. Toda aquela falação...

— As famílias e tudo mais?

— É. Você sabe, como todo mundo era ou quase era parente de todo mundo. É igualzinho aqui no Condado de Maycomb.

— Talbert – disse ela, com uma paciência formidável – como alguém pode ser quase parente de outra pessoa?

— Bem, você sabe. Vamos ver. Você se lembra de Frank Buckland, não é?

Contrariando a própria vontade, ela estava sendo atraída para o mundo fantástico de Talbert Wade:

— Você quer dizer o naturalista? Aquele que carregava peixes mortos na mala e mantinha um chacal no quarto?

— Ele mesmo. Você se lembra de Matthew Arnold, não lembra?

Ela disse que sim.

— Bem, Frank Buckland era filho do irmão do marido da irmã do pai de Matthew Arnold, então isso os tornava quase parentes. Entendeu?

— Entendi, mas...

Talbert franziu os olhos para um gerânio vermelho no canto da varanda.

— Seu irmão – disse ele lentamente – não se casou com a prima em segundo grau da esposa do filho do tio-avô dele?

Ela tapou os olhos com as mãos e pensou muito.

— Casou – disse por fim. – Talbert, isso me pareceu um *non sequitur*, mas não tenho certeza.

— Bem, é tudo a mesma coisa, no fundo.

Ela disse que qualquer pessoa que conseguisse desembaralhar os Arnold e os Buckland em uma frase merecia uma placa comemorativa ou ser internada. Em um hospício, acrescentou.

— Além do mais, Talbert – prosseguiu ela –, eu me dediquei a esse assunto por mais de quinze anos e, até agora, não consegui ver nenhuma conexão com Maycomb, Alabama.

— É porque você não procurou – disse ele.

— Bem, devo confessar que não tinha Maycomb em mente quando explorei o Movimento de Oxford.

— Você e o sr. Hackett me lembraram vividamente disso hoje de manhã – disse Talbert. – Eu aposto que começou exatamente assim.

Ela disse a Talbert que o pontapé inicial do Movimento de Oxford tinha sido dado pelo reverendo John Keble em 14 de julho de 1833, em um sermão intitulado *National Apostasy* [Apostasia Nacional], do qual ela tinha um exemplar que estava em algum lugar em seu apartamento em Nova York; ficaria feliz em enviá-lo por correio para que ele o examinasse e o desafiou a encontrar qualquer coisa nele que o lembrasse dos acontecimentos daquela manhã. Ela falou com aspereza, porque no fundo de sua consciência sabia que estava perdendo terreno: aquele rapaz estava, de alguma forma, escandalosamente certo, insanamente correto em suas comparações. Reprimiu com violência um impulso repentino de imaginar os irmãos noéticos como um sexteto de violinistas, com o reitor da Oriel College ditando o ritmo.

— ... alguém em Maycomb que é realmente a contraparte viva de todos os vitorianos que já respiraram. Você se lembra do velho deão Stanley, não é?

— Como, Talbert?

— Você se lembra do velho deão Stanley,* não é?

— Lembro. – O clérigo distraído e desmazelado e sua resoluta Lady Augusta pairaram com suavidade em sua mente, e ela se preparou para os comentários de Talbert.

— Ele não te lembra o sr. Finckney Sewell?

— Óbvio que não – respondeu ela.

— Ah, você sabe, quando Stanley era deão de Westminster, ele desenterrou quase todo mundo na abadia procurando por Jaime II, ou era Jaime I?

---

* Arthur Penrhyn Stanley (1815-1881) foi um teólogo anglicano e deão da Abadia de Westminster, conhecido por suas posições liberais e seu envolvimento em debates eclesiásticos do século XIX. Lady Augusta Stanley (1822-1876), sua esposa, foi dama de companhia da rainha Vitória e figura de destaque na vida social e religiosa da corte britânica. (N. *da* T.)

— Meu Deus – disse ela. Durante a Depressão, o sr. Fink Sewell, um morador de Maycomb conhecido por sua independência de pensamento, tinha desenterrado o próprio avô e extraído todos os seus dentes de ouro para pagar uma hipoteca. Quando o xerife o prendeu por violação de sepultura e acúmulo de ouro, o sr. Fink contestou com a teoria de que, se o próprio avô não era dele, de quem seria? O xerife disse que o velho sr. M. F. Sewell era de domínio público, mas o sr. Fink respondeu com altivez que supunha serem seu lote, seu avô e seus dentes, e recusou-se terminantemente a ser preso. O consenso em Maycomb foi que o sr. Fink era um homem honrado, que estava fazendo o possível para pagar suas dívidas, e ele continuou intocado pela lei.

— É óbvio que o deão Stanley tinha os mais elevados motivos históricos para suas escavações – disse ela, plantando os pés com firmeza no chão para não flutuar até o teto e sair voando para longe.

— Sim – respondeu Talbert – mas a mente dos dois funcionava exatamente da mesma maneira. Você não pode negar que ele convidou todos os hereges que conseguiu encontrar para pregar na Abadia. Você se lembra de como ele apoiou o bispo Colenso?

Ela se lembrava. O bispo Colenso, cujas opiniões sobre tudo eram consideradas duvidosas na época, era o favorito do pequeno deão e, quando o bispo corria o risco de ser destituído, Stanley fez um discurso inflamado na Convocação em sua defesa, perguntando à assembleia se sabiam que Colenso era o único bispo colonial que tinha se dado ao trabalho de traduzir a Bíblia para o zulu, o que era muito mais do que os outros haviam feito.

— O sr. Fink era igual a ele – disse Talbert. – Minha mãe conta que uma noite, na igreja, ele deu um testemunho sobre como o álcool o havia arruinado apenas pra ajudar os abstêmios, e ela jura que ele nunca tocou em uma gota de álcool na vida. Ela diz que ele assinava o *Wall Street Journal* no meio da Depressão e desafiava quem quer que fosse a dizer uma palavra sobre isso. O sr. Jeddo, dos correios, quase tinha um espasmo toda vez que distribuía a correspondência.

Ela olhou fixamente para Talbert. Os Wade eram amigos de sua família havia gerações – quase parentes, refletiu com ironia. A mente, o coração e as ações de qualquer Wade eram tão previsíveis para ela quanto os dias da semana: todos os Wade seguiam uma tradição tribal de integridade, monotonia e negócios de algodão. Talbert era alguma mutação excêntrica.

— ... exatamente como ele – Talbert continuava. – Ou veja Harriet Martineau...

Sua mente saltou freneticamente para o Lake District, pairou um instante e pousou com incerteza nas obras da sra. Humphry Ward.*

---

* Mary Augusta Ward (1851-1920) foi uma romancista britânica conhecida por suas posições conservadoras e por envolver temas morais e religiosos em sua obra. (N. *da* T.)

— A sra. Humphry Ward não disse que nunca conseguia se lembrar se a srta. Martineau* era uma ateia mesmerista ou uma mesmerista ateia? – perguntou ela, tentando voltar ao assunto.

— Não sei, mas você se lembra da sra. E.C.B. Franklin?

Ela se lembrava e vasculhou os anos em busca de uma comparação. A história é relativamente silenciosa sobre os trajes da srta. Martineau, mas os da sra. E.C.B. eram fáceis de lembrar: chapéu de crochê, vestido de crochê que deixava entrever calcinhas rosa de crochê e meias de crochê. Todo sábado, a sra. E.C.B. caminhava cinco quilômetros até a cidade, saindo de sua fazenda, chamada Cape Jessamine Copse. Ela escrevia poesia, assim como Harriet Martineau.

— Você se lembra das poetisas menores? – perguntou Talbert.

— Lembro – respondeu ela.

— A sra. E.C.B. era uma reunião de todas elas.

— Sim, Talbert.

Quando criança, ela havia trabalhado por um tempo no escritório do *Maycomb County Tribune* e testemunhara várias discussões, incluindo a última entre a sra. E.C.B. e o sr. Underwood. Ele era um tipógrafo à moda antiga e não tolerava bobagens. Trabalhava o dia inteiro em uma

* Harriet Martineau (1802-1876) foi uma escritora, jornalista e socióloga inglesa, notória por suas ideias progressistas. Envolveu-se com o mesmerismo (um tipo de hipnose ou cura espiritual popular no século XIX) e era conhecida por seu ateísmo. (N. *da* T.)

enorme linotipo preta, refrescando-se de tempos em tempos com goles de um galão de vinho de cereja inofensivo. Certo sábado, a sra. E.C.B. irrompeu no escritório com uma composição que o sr. Underwood se recusou a publicar no *Tribune*, por considerá-la uma desonra: o obituário em verso para uma vaca, que começava assim:

"Ó vaquinha que não é mais minha..."

e continha graves violações à filosofia cristã. O sr. Underwood disse: "Vacas não vão para o céu", ao que a sra. E.C.B. respondeu: "Bem, essa foi", e explicou sobre licença poética. O sr. Underwood, que em seu tempo havia publicado versos memoriais de variedade indeterminada, disse que ainda assim não poderia publicar aquilo porque era blasfêmia e não tinha métrica, então, para deixar nítido seu descontentamento, a sra. E.C.B. desmontou uma moldura e espalhou o anúncio da Loja Biggs por todo o escritório. Para mostrar seu descontentamento, o sr. Underwood bebeu um grande gole de vinho de cereja bem na cara dela, engoliu e a xingou até a praça do tribunal. Depois disso, em vez de publicá-los no *Maycomb County Tribune*, a sra. E.C.B. passou a publicar suas obras de forma privada por uma empresa em Tuscaloosa. O condado sentiu a perda.

— Sabe...

Ela voltou a si.

— Sabe, eles tinham o mesmo espírito com que fomos criados. É por isso que não me canso deles – Talbert estava dizendo. – Ainda mais quando estou preso lá na Northwestern. As pessoas parecem não ter muita humanidade por lá... elas não são como nós.

— Eu imaginava – disse ela, fazendo uma frágil tentativa final de resistência – que se sentisse saudade de casa, naturalmente você recorreria a Faulkner ou alguém assim.

— Eu acho Faulkner completamente irreal.

O que ele viu no rosto dela o fez sorrir. Seu sorriso se alargou e ele esfregou o lado esquerdo do nariz com o dedo indicador direito.

Meu Deus, ela pensou, ele tinha adquirido até seus gestos.

— Mais café, Talbert? – ofereceu.

— Sim, por favor.

Ao se dirigir para a cozinha, ela parou junto à porta, virou-se e perguntou:

— Talbert, por acaso você joga golfe?

— Jogo, lógico.

Ela lavou e secou as xícaras, pôs um café fresco para coar e, enquanto esperava a água ferver, se perguntou por que havia duvidado de que todas as coisas acontecem para o melhor neste, o melhor dos mundos possíveis.

ENSAIOS

Amor – em outras palavras

Vogue, 1961

Muitos anos atrás, um membro envelhecido da Casa de Hanover, ao descobrir que a responsabilidade de providenciar um herdeiro para o trono da Inglaterra recaíra repentinamente sobre ele e seus irmãos, confidenciou seu desespero ao amigo Thomas Creevey: "(...) Faz agora vinte e sete anos que Madame St. Laurent e eu vivemos juntos; temos a mesma idade e passamos por todos os climas e todas as dificuldades juntos, e você bem pode imaginar a dor que me causará separar-me dela (...) Asseguro que não sei o que será dela se um casamento me for imposto..."

Divertindo-se com o dilema do duque de Kent, o sr. Creevey registrou o episódio em seu diário, preservando para nós uma declaração atemporal. O homem que a proferiu não era dotado de grande brilhantismo, nem teve uma vida notável, mas lembramos seu clamor do coração e tendemos a esquecer o grande serviço que prestou à humanidade: ele foi o pai da rainha Vitória.

O que o duque de Kent nos revelou? Que duas pessoas haviam compartilhado a vida voluntariamente por quase trinta anos (o que, por si só, já é um feito notável); que haviam sobrevivido às febres e às agruras de um relacionamento íntimo; que, juntos, haviam enfrentado as pressões e as decepções da vida; que ele sofre diante da perspectiva de deixá-la. Em uma frase elegante, o duque de Kent disse tudo o que há para dizer sobre o amor de um homem por uma mulher.

E, ao fazê-lo, nos revela muito sobre o amor em si. Existe apenas um tipo de amor – amor. Mas suas diferentes manifestações são incontáveis:

Ao ouvir um ruído estranho à noite, uma mãe saltará da cama e só voltará depois de se certificar de que cada canto da casa esteja envolto na segurança que acalma sua ansiedade. Um homem interromperá uma partida de golfe para observar um jato cortar o céu deixando atrás de si trilhas de fumaça. Uma dona de casa, antes de ir à cidade, fará uma rápida ligação para a vizinha para perguntar se ela quer algo do mercado. Essas são manifestações de uma força dentro de nós que deve necessariamente ser chamada de divina, pois não é invenção humana.

O que é o amor? Muitas coisas se assemelham ao amor – na verdade, o amor está presente na piedade, na compaixão, no romance, no afeto. O que fez da fala do duque de Kent uma declaração de amor, e o que nos leva a realizar sem hesitar pequenos atos de amor todos os dias, é um elemento notável por sua ausência. Se estivesse presente, o duque de Kent teria deixado sua amante sem remorso; a barreira do som sendo rompida sobre a casa não despertaria a mãe; acertar a bola no buraco seria o principal objetivo do jogador de golfe; a dona de casa teria ido direto para o mercado sem pensar na vizinha. Uma coisa identifica o amor e o distingue de emoções semelhantes: o amor não admite o ego.

Poucos de nós alcançam a compaixão; para alguns, romance é apenas uma palavra; em muitos, a capacidade de sentir afeto há muito já se extinguiu; mas todos nós, em algum momento – seja por um instante ou por toda a vida – já transcendemos a nós mesmos: amamos algo ou alguém. O amor, portanto, é um paradoxo: para tê-lo, é preciso dá-lo. O amor não é algo intransitivo – é uma ação direta da mente e do corpo.

Sem amor, a vida torna-se sem sentido e perigosa. O homem está a caminho de Vênus, mas ainda não aprendeu a viver com a própria esposa. O homem aumentou sua expectativa de vida, mas extermina seis milhões de seus irmãos de uma só vez. O homem agora tem o poder de destruir a si mesmo e ao seu planeta: e pode ter certeza de que o fará, se deixar de amar.

Os obstáculos mais comuns ao amor são a ganância, a inveja, o orgulho e outras quatro inclinações outrora conhecidas como pecados. Há mais um, igualmente perigoso: o tédio. A mente que encontra pouco entusiasmo na vida está morrendo; a que não encontra nada no mundo que a atraia já está morta, e o corpo que a abriga também poderia estar, pois de que servem os cinco sentidos a uma mente que não obtém prazer deles?

Depois de finalmente compreender que deve amar ou perecer, o homem segue seu curso habitual: tenta desenvolver uma ciência para isso. O objetivo final da psicanálise, quando sua semântica peculiar é posta de lado, é libertar o homem de suas neuroses para, assim, torná-lo capaz de amar, e a capacidade humana de amar é medida pelo grau de libertação dos impulsos que se voltam para dentro. Como quem tenta manter uma rolha submersa no fundo de um rio, assim o amor pode ser aprisionado pelo ego: remova-o, e o amor emergirá à superfície do ser.

Com amor, tudo é possível.

O amor restaura. Já ouvimos muitas histórias sobre o poder curativo do amor, mas somos céticos em relação a elas, pois somos humanos e, portanto, propensos a negar a existência do que não compreendemos e não conseguimos explicar. Mas esta história aconteceu:

Em uma tarde de agosto, em um pequeno hospital do Sul, um velho estava à beira da morte. A família tinha sido chamada, incluindo o neto mais velho, um garoto de dezesseis anos. A relação do rapaz com o avô era curiosa, quase sem palavras, como costuma acontecer entre homens. Durante todo aquele dia, o garoto permaneceu em silêncio. Parecia que não conseguia falar. Recusou-se a esperar a morte do avô com o restante da família no saguão do hospital; em vez disso, encontrou uma cadeira e se instalou no corredor, na porta do quarto, onde ficou sentado o dia todo, alheio ao vaivém da rotina hospitalar. No fim da tarde, o médico da família encontrou o garoto ainda sentado ali, ainda em silêncio. O médico disse: "Vai pra casa, filho. Não há nada que você possa fazer pelo seu avô." O garoto não deu atenção, e o médico entrou no quarto, de onde saiu momentos depois, perplexo. "É... filho", disse o médico. O garoto olhou para ele. "Ele está pedindo alguma coisa pra comer. Está melhor." Sem demonstrar surpresa, o garoto assentiu com a cabeça: "Já estava na hora de ele sentir fome", disse, suas primeiras palavras do dia. Em seguida, pegou a cadeira, colocou-a de volta no lugar e saiu andando pelo corredor, espreguiçando o corpo magro e bocejando. "Aonde você vai?", perguntou o médico. "Buscar um hambúrguer pra ele", respondeu o garoto. "Ele gosta de hambúrguer."

Não há explicação satisfatória para a percepção extrassensorial – ela simplesmente existe. Também não houve explicação racional para a recuperação do velho – simplesmente aconteceu. Só nos resta o assombro.

O amor transforma. Por que será que a citação que procuramos, quando não a encontramos na Bíblia nem em Shakespeare, muitas vezes está em *Dom Quixote*? Porque Cervantes, por puro amor à vida, tornou imortais suas nuances. Por que, mesmo conhecendo cada nota, ainda paramos para ouvir quando "O Messias" é executado? Porque cada nota nasceu do amor de um homem por seu Deus, e nós o sentimos. Experimente o seguinte: encontre (se conseguir) alguém que deteste música barroca; toque para essa pessoa qualquer trecho de *Semele* e observe sua atenção educada se transformar em fascínio arrebatado – veja seu cativo se tornar cativo de Händel. A avareza jamais escreveu um bom romance; o ódio não pintou

O *nascimento de Vênus*; a inveja não nos revelou que o quadrado da hipotenusa é igual à soma dos quadrados dos catetos. Toda criação do espírito humano que resistiu ao tempo nasceu do amor – amor por algo ou por alguém. É possível amar até mesmo a matemática.

A história da humanidade está repleta de testemunhos sobre o poder do amor, mas nenhum se compara à transformação sofrida pelo antes rabugento São Paulo ao abordar o tema: amando, ele escreveu sobre o amor e nos presenteou com um milagre. Ouça:

"Ainda que eu falasse línguas, as dos homens e dos anjos, se eu não tivesse o amor, seria como sino ruidoso ou como címbalo estridente.

Ainda que eu tivesse o dom da profecia, o conhecimento de todos os mistérios e de toda a ciência; ainda que eu tivesse toda a fé, a ponto de transportar montanhas, se não tivesse o amor, eu não seria nada."

Depois de São Paulo, fizemos o melhor que pudemos, mas nosso melhor nunca chegou nem perto dele.

O amor purifica. O sofrimento nunca purificou ninguém; o sofrimento apenas intensifica os impulsos voltados para o ego. Qualquer ato de amor, porém, por menor que seja, enfraquece o domínio da ansiedade, nos oferece um vislumbre do amanhã e alivia o jugo dos nossos medos. Diferentemente da virtude, o amor não é sua própria recompensa. A recompensa do amor é a paz de espírito, e a paz de espírito é o fim de todo desejo humano.

Pão de milho com torresmo

The Artists' and Writers' Cookbook, 1961

Primeiro, capture seu porco. Em seguida, envie-o para o abatedouro mais próximo. Asse o que eles devolverem. Remova a gordura sólida e descarte o resto. Frite a gordura, escorra a banha líquida e misture o resíduo (chamado "torresmo") com:

1 ½ xícara de fubá branco moído na água
1 colher de chá de sal
1 colher de chá de fermento em pó
1 ovo
3 xícaras de leite

Asse em forno bem quente até dourar (cerca de quinze minutos).

RESULTADO: Uma forma de pão de milho com torresmo, para seis pessoas. Custo total: cerca de duzentos e cinquenta dólares, dependendo do tamanho do porco. Alguns historiadores afirmam que essa receita sozinha derrubou a Confederação.

Natal para mim

McCall's, 1961

Há vários anos, eu morava em Nova York e trabalhava para uma companhia aérea, o que significava que eu quase nunca conseguia voltar para o Alabama no Natal – isso quando conseguia folga nesse dia. Para um sulista deslocado, o Natal em Nova York pode ser uma ocasião um tanto melancólica, não porque o cenário seja estranho para quem está longe de casa, mas justamente porque é familiar. Os compradores nova-iorquinos demonstram a mesma determinação dos sulistas que andam devagar; as bandas do Exército de Salvação e as canções natalinas são as mesmas em qualquer lugar do mundo: nessa época do ano, as ruas de Nova York cintilam, molhadas pela mesma chuva suave que encharca os campos de inverno do Alabama.

Longe de casa, eu sentia falta do Natal, pensei. Mas, na verdade, sentia falta de uma lembrança, uma lembrança antiga de pessoas que há muito já se foram, da casa dos meus avós cheia de primos, salsaparrilha e azevinho. Sentia falta do som das botas de caça, das rajadas repentinas de ar frio quando alguém abria a porta, cortando o aroma de agulhas de pinheiro e farofa de ostra. Sentia falta da máscara de retidão que meu irmão vestia na véspera de Natal e do meu pai cantarolando "Joy to the world" [Alegria para o mundo] com um zumbido de abelha em tom grave.

Em Nova York, eu costumava passar o dia, ou o que sobrava dele, com meus amigos mais próximos em Manhattan. Eles eram uma família jovem em situação financeira periodicamente confortável. Periodicamente porque o chefe da casa sustentava a família com o precário ofício da escrita. Ele era brilhante e cheio de vida; seu único defeito de caráter era um amor desmedido por trocadilhos. Possuía uma característica rara não apenas para um escritor, mas para um homem jovem com dependentes: era dotado de um otimismo intrépido – não do tipo "querer é poder", mas daquele que enxerga um objetivo alcançável e ousa correr riscos para atingi-lo. Sua ousadia às vezes deixava os amigos sem fôlego – quem, em sua situação, se arriscaria a comprar uma casa própria em Manhattan? Mas seu planejamento estratégico fez com que o empreendimento desse certo: enquanto a maioria dos jovens se contenta em sonhar com coisas assim, ele tornou o sonho realidade para sua família, satisfazendo o anseio ancestral por um pedaço de chão que fosse seu. Ele tinha vindo do sudoeste dos Estados Unidos para Nova York e, como é típico dos naturais daquela região, tinha encontrado a garota mais bonita do Leste e prontamente se casado com ela.

Dessa criatura etérea e absolutamente feminina nasceram dois filhos robustos que, à medida que cresciam, descobriram que sua frágil mãe tinha uma força que não ficava devendo a ninguém. Sua capacidade de amar era imensa, e ela passava horas na cozinha, preparando delícias escuras e viscosas para a família e os amigos.

Eles formavam um belo casal, saudáveis de corpo e mente, felizes em sua vida extremamente ativa. Interesses em comum, além do afeto, me aproximaram deles: um fluxo constante de material de leitura circulava entre nós; gostávamos das mesmas peças de teatro, dos mesmos filmes, das mesmas músicas; ríamos das mesmas coisas, e como ríamos naquela época.

Nossos Natais juntos eram simples. Limitávamos nossos presentes a alguns centavos, esperteza e competição acirrada. Quem encontraria o presente mais peculiar pelo menor custo? O verdadeiro Natal era para as crianças, uma ideia com a qual eu concordava plenamente, pois fazia muito tempo que eu havia deixado de buscar um significado no Natal que fosse além de um dia para as crianças. Para mim, o Natal era apenas uma lembrança de amores antigos e cômodos vazios, algo que eu tinha enterrado com o passado e que ressurgia uma vez por ano, de forma vaga e dolorida.

Um Natal, porém, foi diferente. Tive sorte. Consegui o dia inteiro de folga e passei a véspera com eles. Quando amanheceu, acordei com uma mãozinha amassando meu rosto. "Dup", foi tudo que seu dono conseguiu dizer. Desci as escadas bem a tempo de ver os olhinhos dos meninos brilhando ao se depararem com os foguetes em miniatura e os equipamentos espaciais que Papai Noel havia deixado para eles. No início, seus dedinhos exploraram os brinquedos quase timidamente. Quando terminaram a inspeção, os dois arrastaram tudo para o meio da sala.

O caos reinou, até eles descobrirem que havia mais. Quando o pai começou a distribuir os presentes, eu sorri por dentro, imaginando como minhas descobertas excepcionalmente astutas daquele ano seriam recebidas. Para ele, uma reprodução de um retrato de Sydney Smith que eu havia encontrado por trinta e cinco centavos; para ela, a obra completa de Margot Asquith, resultado de um ano de busca paciente. As crianças sofriam com a indecisão sobre qual pacote abrir em seguida, e enquanto eu esperava, notei que, embora uma pequena pilha de presentes se acumulasse ao lado da poltrona da mãe, eu não tinha recebido nenhum. Minha decepção foi crescendo, mas eu me esforcei para não demonstrar.

Eles saborearam o momento. Por fim, ela disse:

— Nós não nos esquecemos de você. Olha na árvore.

Havia um envelope na árvore, endereçado a mim. Abri e li: "Você tem um ano de folga do trabalho para escrever o que quiser. Feliz Natal."

— O que isso significa? – perguntei.

— O que está escrito – responderam eles.

Eles me garantiram que não era nenhum tipo de brincadeira. Tinham tido um bom ano, disseram. Tinham economizado algum dinheiro e achavam que era hora de fazer algo por mim.

— Como assim fazer alguma coisa por mim?

Para falar a verdade – se eu realmente queria saber – eles achavam que eu tinha um grande talento.

— O que faz vocês acharem isso?

Era evidente para qualquer pessoa que me conhecesse, eles disseram, bastava parar um instante para prestar atenção. Queriam demonstrar sua confiança em mim da melhor maneira que conheciam. Se eu algum dia venderia uma linha que fosse, era irrelevante. Queriam me dar uma oportunidade plena e justa de aprender meu ofício, livre das pressões de um emprego regular. Eu aceitaria o presente? Não havia nenhuma condição. Por favor, aceite, com o nosso amor.

Demorei um pouco para conseguir falar. Quando consegui, perguntei se eles tinham enlouquecido. O que os fazia pensar que aquilo resultaria em algo bom? Eles não tinham dinheiro sobrando. Um ano era muito tempo. E se as crianças ficassem doentes? À medida que se acumulavam, cada uma das objeções era rejeitada.

— Nós somos todos jovens – disseram. – Podemos lidar com o que vier. Se acontecer algum desastre, você sempre pode encontrar outro emprego. Tudo bem, considere isso um empréstimo, se preferir. Só queremos que você aceite. Só permita que a gente acredite em você. Precisa permitir isso.

— É uma aposta absurda – murmurei. – Um risco muito grande.

Meu amigo deu uma olhada na sala, nos filhos, meio soterrados sob uma pilha colorida de papéis de presente natalinos. Seus olhos brilharam ao encontrar os da esposa, e eles trocaram um olhar de uma cumplicidade que, para mim, beirava o insuportável. Então me encarou e disse suavemente:

— Não, minha querida. Não é um risco. É uma certeza.

Lá fora, nevava, algo raro em um Natal em Nova York. Fui até a janela, atordoada pelo milagre daquele dia. As árvores de Natal se desfocavam suavemente do outro lado da rua, e as chamas da lareira faziam as sombras das crianças dançarem na parede ao meu lado. Uma chance plena e justa de uma nova vida. Que não tinha sido dada a mim por um ato de generosidade, mas por um ato de amor. "Nossa confiança em você" foi, no fim, tudo que eu os ouvi dizer. Faria o meu melhor para não decepcioná-los. A neve ainda caía na calçada lá embaixo. Os telhados das casas de tijolo marrom começavam a ficar brancos. As luzes dos arranha-céus distantes brilhavam com símbolos amarelos de um fim solitário de uma estrada e, enquanto eu estava de pé na janela, olhando para as luzes e a neve, a dor de uma velha lembrança me deixou para sempre.

Gregory Peck

Programação especial do American Film Institute, 1989

Quando cheguei à Califórnia para assistir à primeira semana de filmagem de *O sol é para todos*, eu não estava em completo estado de inocência. Como conhecia o trabalho do produtor, do diretor, do roteirista e do protagonista, eu sabia que o romance estava em boas mãos. Todos eram profissionais talentosos e exímios em seu ofício.

Fiquei fascinada pela forma como as coisas funcionam em um estúdio. Um bairro de uma pequena cidade do Sul dos Estados Unidos, no estilo do início da Grande Depressão, estava sendo montado, e me mostraram como algumas das casas teriam dupla função: para as câmeras, Maycomb, no Alabama; para os atores, camarins e uma sala de aula para as crianças do elenco.

Enquanto observava a equipe posicionar árvores enormes no cenário, o diretor comentou:

— Precisamos de um buraco no tronco daquela ali.

— Eu tenho um em casa – respondeu o assistente de direção. – Trago amanhã.

Quando fui levada para um estúdio de gravação, encontrei reproduzida, em escala muito menor, a sala do tribunal da minha cidade natal, no Alabama. Estava tudo igual, nos mínimos detalhes, mas observei que Gregory Peck, com seu um metro e noventa de altura, quase encostaria a cabeça na galeria. Quando olhei pela lente da câmera, no entanto, a sala do tribunal parecia ter ficado maior, de alguma forma, para acomodar as pessoas dentro dele.

Buracos portáteis, tribunais que se expandiam – tudo parte da magia cotidiana do cinema.

Nos testes de figurino, enquanto os atores desfilavam diante da câmera, fiquei admirada com o cuidado na escolha do elenco; eles pareciam quase idênticos à minha visão dos personagens. Até aí tudo bem, mas e Atticus? Enquanto me perguntava, a porta da frente da casa dos Finch se abriu e ele apareceu.

Com um terno claro de verão, corrente de relógio sobre o colete, chapéu de palha e óculos de aro grosso, Gregory Peck, ágil e ainda jovem, de alguma forma havia ganhado corpo e amadurecido para assumir os cinquenta e poucos anos do personagem. A ilusão estava completa.

Tão completa quanto poderia ser. Quando as filmagens começaram, fiquei aliviada ao constatar que os atores não sulistas do elenco não tentavam forçar um sotaque do Sul. Nada esvazia mais depressa um cinema sulista do que atores sem ouvido para o sotaque. Gregory Peck demonstrava uma contenção admirável. Nos ensaios e nas poucas cenas a que assisti com a câmera rodando, ele se permitiu uma única e inofensiva indulgência, um discreto *you* [você] com sotaque sulista. Havia uma lição nisso para todos os jovens roteiristas – quando verbalizadas, as falas escritas no implacável idioma do Sul criam a ilusão de vozes sulistas.

Deixei a Califórnia me sentindo verdadeiramente afortunada. Um elenco magnífico, um diretor excepcional, um roteiro que, por si só, já era uma obra de arte. Uma equipe de profissionais brilhantes que respeitavam meu trabalho – o que mais uma romancista poderia desejar?

Eu não desejava mais nada. Mais tarde naquele mesmo ano, quando assisti ao filme finalizado, tive uma surpresa que continua sendo um dos grandes momentos da minha vida.

Assisti a uma atuação inspirada.

De alguma forma misteriosa, o Atticus Finch de Gregory Peck transcendeu a ilusão.

Atores relutam em revelar os segredos de seu ofício. Mas com o passar do tempo, e mais de vinte e cinco anos de amizade, o mistério daquela atuação foi aos poucos se revelando, para minha imensa satisfação e contínuo deleite. Eu sei o que Gregory Peck, profissional talentoso e exímio em sua arte, trouxe para o papel – ele trouxe a si mesmo.

Quando as crianças descobrirem os Estados Unidos

McCall's, 1965

Wordsworth tinha razão quando disse que chegamos a este mundo envoltos em nuvens de esplendor, que nascemos com uma percepção divina. À medida que crescemos, o mundo se fecha sobre nós e perdemos, pouco a pouco, a pureza do olhar que tínhamos quando crianças. É por isso que eu acho que as crianças deveriam conhecer este país enquanto ainda são jovens.

Acredito que nem mesmo o cidadão mais jovem ou mais cínico possa visitar Washington e passar pelo Capitólio ou pelo Instituto Smithsonian sem sentir que sim, nós *somos* importantes; sim, nós *temos* uma história. Pode ser uma história breve, mas cada fragmento dela contribuiu para nos tornar quem somos, e é possível sentir isso em Washington.

Eu levaria as crianças ao Sul, talvez a Charleston, uma cidade pequena de personalidade forte e grande interesse histórico – uma cidade portuária com um ar distinto de passado glorioso. No Extremo Oeste, mostraria a elas San Francisco. Os chineses que vivem lá são americanos maravilhosos. Têm sua própria cultura milenar, mas, ainda assim, se tornaram parte da nossa civilização. A Nova Inglaterra, logicamente – no outono, as cores das árvores de bordo são inebriantes. E a primeira visão das Montanhas Rochosas, avistadas das planícies do Colorado. Você atravessa quilômetros e mais quilômetros de terra plana – e, de repente, lá estão elas, majestosas com seus picos nevados. Oceanos e praias… o litoral do Golfo na Flórida, na região de Naples e Sarasota, com águas verde-esmeralda.

Adoraria mostrar às crianças minha cidade, minha rua, meus vizinhos. Moro em uma esquina. Meu vizinho ao lado é barbeiro, e a mulher dele tem uma loja de roupas. Meu vizinho um pouco mais adiante na rua tem um mercadinho, e minha vizinha que mora mais abaixo na colina é professora. Meu vizinho dos fundos é médico; atrás da casa dele vive um farmacêutico. Se crianças viessem nos visitar – vindas de outros países ou de outras partes dos Estados Unidos –, ganhariam biscoitos e sorvete, iriam ao parque com lago e piscina, e minha cozinheira, Mary, faria um bolo enorme coberto com glacê de caramelo e, no jantar, serviria legumes frescos da horta e frango à moda do Sul, preparado do jeito certo.

Depois, nós as deixaríamos livres para explorarem por conta própria. É sufocante, quando se é criança, ter adultos por perto o tempo todo – explicando tudo, desvendando todos os mistérios. Não há espaço para descobertas quando um espírito jovem e curioso tem sempre um adulto por perto, pronto para dar respostas absolutamente precisas para tudo.

Não acho, por exemplo, que o Lincoln Memorial precise ser apontado para nenhum ser humano, de qualquer idade. Eu deixaria que as crianças descobrissem por conta própria sua beleza, seu mistério e sua grandiosidade. As perguntas virão depois. Nenhuma criança consegue deixar o Lincoln Memorial sem questionamentos, muitas vezes questionamentos importantes.

Se mais jovens viajassem de olhos e mente abertos e vissem este país, desenvolveriam uma conexão mais profunda com ele. Aventurar-se pelo país está fora de moda. O que aconteceu com aquele costume de trabalhar em um mercadinho depois da escola para juntar dinheiro e viajar de carona até a Califórnia nas férias? Meu sobrinho mais novo talvez tenha sido um dos últimos a fazer isso, e o fez quando tinha quinze anos. Os pais ficaram apavorados, mas ele conseguiu chegar até a Feira Mundial. A mãe, precavida, tinha costurado uma passagem de ônibus na barra da calça dele, mas ele jurou que jamais a usaria.

Foi parar em Chicago e viveu de leite e pão por três dias porque não tinha dinheiro. Quando finalmente voltou para casa, havia perdido treze quilos, mas era o menino mais feliz que já vi na vida. Havia descoberto os Estados Unidos por conta própria. E isso vai ter um significado especial para ele pelo resto da vida.

As crianças mais novas talvez não expressem em palavras, mas vão absorver tudo com os olhos e encher a mente de percepções e encanto. É uma experiência de que vão gostar, que vão guardar na memória e que as fará ter mais orgulho do próprio país.

Truman Capote

Book of the Month Club Newsletter, janeiro de 1966

Em um dia frio de outono em 1959, Truman Capote partiu para o Kansas munido de um baú de provisões suficientes para se manter por algumas semanas naquela terra inóspita, sem saber que dedicaria os cinco anos seguintes a uma obra infinitamente instigante e que representaria um verdadeiro desafio a sua genialidade.

No início, era como estar em outro planeta: uma vastidão indiferente às criaturas que caminhavam sobre ele, uma população desconfiada, que suspeitava de qualquer pessoa de fora, invernos de congelar os ossos que davam lugar a primaveras poeirentas e verões de uma secura impiedosa. Ainda assim, com o passar do tempo, Truman tornou-se tão parte do condado de Finney, no Kansas, quanto as placas à beira da estrada que proclamam suas muitas virtudes.

O que ele encontrou no Kansas está nas páginas de A *sangue frio*. Mas o que o Kansas encontrou em Truman Capote? Para começar, uma aparência enganosa. Vê-se uma cabeça perfeitamente esculpida, mãos delicadas, porte gracioso, olhos azuis por trás de óculos grossos. A impressão se modifica subitamente com a força casual de seu aperto de mão, e com razão, pois sob o corte elegante de seu terno se escondem um corpo definido e a resistência de dez batalhões.

Ao se deparar com sua lucidez implacável, as primeiras impressões se dissipam por completo: revela-se uma inteligência aguçada, um senso de observação apuradíssimo, uma intuição capaz de fazer avaliações precisas à velocidade de um raio. Se por um lado se percebe um olhar impessoal, por outro nota-se, ao mesmo tempo, um comprometimento absoluto e uma determinação obstinada – qualidades compartilhadas, curiosamente, por criminosos e gênios.

Truman nasceu em Nova Orleans, em 1924, e depois de uma infância infeliz e nômade, publicou seu primeiro trabalho aos dezesseis anos – o que não surpreende, considerando que começou a escrever no mesmo instante em que aprendeu a ler. Quando criança, Truman não se interessava por quase nada mais. Foi então que desenvolveu a vocação, a disciplina da linguagem e o autocontrole indispensáveis a sua arte; todo o resto já tinha trazido consigo ao nascer. Escreveu seu primeiro romance (infelizmente perdido para a posteridade) aos dez anos de idade.

Ele nunca teve uma infância de fato: sua inteligência assombrosa era confundida com tolice; seu tédio diante da educação formal era interpretado como apatia; seu interesse insaciável pelas motivações humanas era visto como curiosidade mórbida. Mas ele guardava seus pensamentos para si e, nesse isolamento, dedicava-se silenciosamente a aperfeiçoar sua arte. Com o tempo, Truman tornou-se mestre em qualquer forma literária que decidisse explorar.

É um contista de primeira grandeza: "Miriam" já se tornou um clássico. Tinha vinte e três anos quando *Outras vozes, outros lugares* consolidou sua reputação como romancista. Em seguida, vieram (não necessariamente nesta ordem) mais contos, uma deliciosa incursão pelo roteiro cinematográfico intitulada *O diabo riu por último*, o musical *Uma casa de flores*, *As musas são ouvidas* e *Bonequinha de luxo*, entre outras obras. Todas diferentes entre si, todas marcadas pela mesma sensibilidade e apuro estilístico.

É um nômade nato. Na idade adulta, viveu em várias partes do mundo – França, Haiti, Itália, Sicília, África, Grécia, Rússia, Suíça. Sempre sensível ao seu entorno, Truman se instalou nas planícies do Oeste com a ironia do general Grant: propôs-se a lutar naquela linha até o fim, mesmo que levasse o verão inteiro. Levou mais tempo que isso.

Além de receber seus dons literários com uma inocência às vezes exasperante, a zona rural do Kansas fez a agradável descoberta de que as características pessoais de Truman Capote são acentuadas por uma capacidade irreprimível de desfrutar da vida. Ele nunca fica entediado e nunca é entediante. Sua conversa é ácida; seu humor mordaz se dissolve em risadas fáceis. Não há nada de que ele goste mais do que cortar a paisagem em carros esportivos velozes. Quando tem oportunidade, nada um quilômetro e meio mar adentro. Ouve discos de jazz em volume máximo e, sem qualquer estímulo, executa uma dança que ele mesmo inventou chamada "I'm beside myself" [Estou fora de mim]. Raramente vai ao cinema, mas quando vai, assiste a três filmes no mesmo dia. Adora conforto; coleciona pesos de papel antigos; sua família inclui um buldogue gordo e um gato magro, ambos viajados, ambos mimados.

Quando seus habitantes se aproximaram o suficiente para uma inspeção menos superficial, o Kansas descobriu que ele era, em espírito, um aristocrata: Truman busca a excelência; só tolera tolos quando estritamente necessário; é impaciente com o mau gosto e não suporta mediocridade – nem na literatura, nem nas pessoas. Por instinto, é um democrata – seus amigos vêm de todas as classes sociais e falam uma variedade impressionante de idiomas. As pessoas sempre reagem intensamente à sua presença, às vezes com pontadas de inveja, mas na maioria das vezes com a sensação de que, quando entram em sua vida, ele lhes oferece o melhor de si.

Durante mais de cinco anos, Truman Capote ofereceu ao Kansas o melhor de si – identificação plena, entrega total. Sua tarefa foi épica: o material que reuniu ao longo do processo tem o tamanho de uma duna (no Kansas, uma montanha modesta). Sua sensação de estranhamento foi inicialmente aguda, mas aos poucos, com paciência infinita, ele se integrou ao tecido daquele lugar, tornando-se um com a terra e espiando, com seus dons únicos, o interior de muitos corações.

Os habitantes do Kansas vão passar o resto de seus dias no jogo fascinante de desvendar Truman; o que Truman encontrou nos habitantes do Kansas vai fazer com que pessoas em toda parte descubram a si mesmas.

Romance e grandes aventuras

Palestra proferida no Alabama History *and* Heritage *Festival de 1983; publicada em Cleavings in the* Thicket*, Mercer* University *Press, 1985*

Albert James Pickett nasceu em 1810, no Condado de Anson, na Carolina do Norte, e se mudou com a família para o que hoje é o condado de Autauga, no Alabama, em 1818, onde seu pai estabeleceu uma produção agrícola em sistema de *plantation* e uma casa de comércio. Recebeu uma "educação de cavalheiro", o que significou estudar em uma academia militar em Connecticut e na Stafford County Academy, na Virgínia. Em 1830, voltou para casa. Embora tenha adquirido vastas extensões de terra nos arredores do latifúndio do pai, Pickett não era fazendeiro. A agricultura, dizia, "não ocupava nem um quarto do meu tempo. Como não tinha interesse pela política e nunca tinha estudado uma profissão, decidi escrever uma história". Para nossa sorte, ele o fez.

Depois de passar mais de dezessete anos reunindo material, Pickett começou a escrever sua *History of Alabama* [História do Alabama] em 1847. A obra foi publicada em 1851 e, após várias edições até 1900, ficou fora de catálogo até 1962, quando foi republicada como uma espécie de curiosidade histórica.

Nós, americanos, gostamos de colocar nossa cultura em recipientes descartáveis. Em nenhum lugar isso fica tão evidente quanto na maneira como tratamos nosso passado. Descartamos vilarejos, cidades pequenas e até mesmo cidades grandes quando envelhecem, e agora estamos no processo de descartar também os registros da nossa história – não em uma trituradora de papel, mas reescrevendo-a como romance. Ficamos ávidos por assistir a docudramas na televisão; preferimos ler sobre a história da Revolução Americana vista pelos olhos da última amante de "Mad" Anthony Wayne.* Não há nada de errado em ler ficção histórica – talvez dois terços dos clássicos mundiais estejam nessa categoria. Entretanto, vivemos em tempos impacientes; mais do que nunca, parece que queremos

* "Mad" Anthony Wayne foi um general norte-americano conhecido por sua bravura impulsiva durante a Guerra de Independência dos Estados Unidos, quando ganhou o apelido (*mad*, louco) em razão de sua ousadia no campo de batalha. (N. *da* T.)

tudo menos a realidade: temos medo de que o real seja tedioso, exigente e, pior ainda, desprovido de suspense.

Por isso, é com enorme prazer que lembro aos membros da minha geração (que já o leram) e informo aos mais jovens entre nós que, embora seja real, a *History of Alabama*, de Pickett, é uma obra tão repleta de romance e aventura que até mesmo John Jakes* se sentaria na cadeira e prestaria atenção.

No que ocuparia apenas alguns parágrafos de um levantamento da história dos Estados Unidos, Pickett dedicou 669 páginas para desenvolver uma narrativa mais arrebatadora do que qualquer coisa já vista na televisão. Na verdade, em termos atuais, é quase como se Pickett tivesse posicionado uma câmera em close-up implacável, e sem perder o foco, para um período da história do Alabama sobre o qual raramente pensamos, um período que às vezes parece sobreviver apenas nos nomes de lugares e placas à beira da estrada. (Onde ficava Maublia? Em algum ponto do rio Tombigbee? Onde ficava Tookabatcha? No Condado de Coosa, ou seria em Tallapoosa? Talvez fosse no Alabama. Eram nomes de povos distintos e separados, com sua própria história.)

Em um estilo de prosa situado em algum ponto entre Macaulay e Bulwer-Lytton, a história de Pickett começa

* Escritor norte-americano famoso por seus romances históricos populares, especialmente a trilogia *The North and South*, ambientada durante a Guerra Civil dos Estados Unidos. Suas obras combinam fatos históricos com personagens fictícios e foram adaptadas com sucesso para a televisão nos anos 1980. (N. *da* T.)

com um relato arrepiante da passagem de Hernando de Soto pelo nosso estado, na qual ele destruiu quase tudo que encontrou pela frente, incluindo os mobilianos e seu chefe gigante, Tuscaloosa, o Guerreiro Negro.

Se fosse um historiador moderno, Pickett teria continuado a partir daí, mas "como nosso solo permaneceu intocado por pés europeus por quase um século e meio", Pickett preencheu o tempo entre De Soto e a chegada dos franceses com cinco capítulos que tornam a leitura compulsiva. Em uma longa digressão sobre os habitantes nativos do que hoje são os estados do Alabama, da Geórgia e do Mississippi, ele escreveu uma pequena história social que se equipara a qualquer obra moderna. Só por esses capítulos, creio que Pickett merece um lugar na literatura americana.

Conhecemos todos eles, mas as tribos mais proeminentes eram os ferozes e insolentes chickasaw, que acabaram com De Soto em algum lugar do Mississippi; os eloquentes choctaw, que não sabiam nadar, não eram agressivos a menos que estivessem defendendo seu território e eram notórios, até mesmo entre seus pares, por seus rituais de sepultamento chocantes. No nordeste havia os cherokee, relativamente cordiais, e no oeste os aristocráticos e despóticos natchez. No centro da cena estavam os muscogee, mais tarde conhecidos como creek, que, após avançarem pelo estado no vácuo deixado por De Soto, formaram uma confederação com os alabamas e os remanescentes de tribos menores destruídas. A história de Pickett é essencialmente a história dos creek e dos que os destruíram.

Os creek eram um povo notável. Sua estrutura social e política era tão complexa quanto qualquer outra da Europa e, em alguns aspectos, muito mais avançada do que a dos primeiros colonos. O divórcio, por exemplo, era uma escolha de qualquer uma das partes, com apenas uma ligeira vantagem para o homem: ele podia se casar de novo imediatamente, enquanto a mulher tinha que esperar até o fim da Dança do Milho Verde. "O casamento", escreveu Pickett, "não dava ao marido direito algum sobre os bens da esposa, nem o controle ou a responsabilidade pela criação dos filhos que pudesse ter com ela." O adultério, no entanto, era outra história. As punições e os castigos associados a essa atividade tornavam sua prática bastante rara.

Eram um povo gregário. "O jogo mais viril e importante era o 'jogo de bola'", escreveu Pickett; aparentemente uma versão do lacrosse. Os guerreiros de uma aldeia desafiavam os de outra e, "por vários dias antes do jogo, aqueles que pretendiam participar da diversão tomavam fortificantes, como se estivessem indo para a guerra". Diante de uma multidão, os jogadores "avançavam uns contra os outros com um choque violento (...) muitas vezes ficavam gravemente feridos e, às vezes, morriam, na disputa violenta e impiedosa que se seguia (...) Enquanto isso, as mulheres ficavam em alerta constante, com vasilhas e cabaças cheias de água, atentas a qualquer oportunidade para refrescar os jogadores. Às vezes, os habitantes de uma aldeia apostavam e perdiam todos os pôneis, joias e roupas..." Isso soa familiar? Todos os fins de semana do outono e do inverno, os habitantes do Alabama de hoje se dedicam a atividades bem parecidas.

Sua religião, parte integral de tudo que faziam, era tão complexa e estruturada que encantaria o coração de um fariseu. De fato, Pickett nos diverte com as teorias de um certo James Adair, que viveu entre os indígenas por mais de trinta anos e saiu da floresta em 1775 com um calhamaço que buscava provar que os creek e seus vizinhos eram, na verdade, judeus. Depois de observar as intricadas semelhanças entre as duas religiões, o argumento decisivo para Adair veio ao ver os guerreiros dançarem "em torno do fogo sagrado, enquanto o sacerdote mais velho invocava o Grande Espírito, e os outros respondiam: *Hallelu*! *Hallelu*! e depois *Halleluiah*! *Halleluiah*!".

A narrativa de Pickett sobre os sofrimentos, lutas e massacres dos primeiros colonos, a gradual abertura da região ao comércio, e sobre as várias guerras e alianças entre as três potências gananciosas – Grã-Bretanha, França e Espanha – é repleta de detalhes fascinantes. Acompanhamos a trajetória de Sieur de Bienville, que provavelmente foi nomeado governador da colônia francesa por engano, pois era um homem decente, incorruptível e, no geral, benevolente. Ao longo do caminho, encontramos o general inglês James Oglethorpe e seu experimento filantrópico na Geórgia e, de quebra, temos um vislumbre de John e Charles Wesley. Encontramos conspiradores, rebeldes e vagabundos; dezenas de personagens secundários ganham vida nas páginas – uma elegante dama em busca de diversão nas terras selvagens, alegando ser cunhada do czar da Rússia; o valente Beaudrot, de quem muitos sulistas herdaram o sobrenome, embora não saibam exatamente por quê; o comerciante judeu Abram Mordecai, que passou cinquenta anos nas vastidões ermas e teve uma das orelhas cortadas por ter se envolvido amorosamente com uma indígena casada.

Ao longo dos anos, sempre que sentiam a pressão excessiva do avanço contínuo dos europeus, os nativos americanos respondiam às promessas quebradas com violência feroz, até que surgiu entre os creek seu maior chefe, Alexander McGillivray, que os conduziu ao ponto mais alto de sua história. A história de McGillivray e de sua família deve ser tão familiar a todos os alabamenses que não vou repeti-la, apenas direi que, se os creek alguma vez tiveram chance de sobreviver como nação, foi com ele. Ainda assim, nos dezessete anos de sua liderança espetacular, McGillivray mostrou ter pés de barro – suas intrigas com o recém-formado governo americano e com as autoridades espanholas na Flórida, para benefício próprio, colocaram os creek em um caminho que os levaria à extinção.

Os nativos odiavam os novos americanos ainda mais do que odiavam os britânicos, franceses e espanhóis – eles eram ainda mais numerosos. A Segunda Venda de Terras Yazoo (a primeira tinha sido um fracasso) resultou na chegada de mais colonos do que nunca – dessa vez sob a proteção do governo americano.

Os americanos estabeleceram postos avançados e pequenos fortes ao longo dos rios do Alabama, desmataram as florestas e, aos poucos, criaram uma sociedade reconhecível em meio à natureza selvagem, às vezes casando-se com descendentes dos primeiros colonos que haviam se casado com nativos. Muitas das famílias mais antigas do Alabama podem apontar, com orgulho, sua herança indígena.

Agora, uma advertência: quando pensamos na história do Alabama, pensamos na escravidão, e devemos pensar. Em 1540, quando De Soto chegou com seus escravizados, encontrou os indígenas escravizando uns aos outros; quando os franceses trouxeram os primeiros africanos escravizados, eles foram comprados por indígenas abastados ou capturados como prêmios em incursões. Em 1847, quando Pickett começou a escrever sua história, a escravidão era um fato da vida, e ele a trata como tal, portanto, não se choquem. A escravidão, como vocês bem se lembram, é a instituição mais antiga da humanidade, e sua abolição é a única mudança moral fundamental que o homem do Ocidente já realizou.

Pois bem, justamente quando todos pareciam estar se estabelecendo e agentes do governo ajudavam a administrar os assuntos indígenas, os Estados Unidos e a Grã-Bretanha entraram em guerra. Os indígenas tinham dado permissão para que a nova Estrada Federal cortasse o coração de seu território, o que significava ainda mais emigrantes, e os creek, disse Pickett, "com sua sagacidade habitual, previram que logo estariam cercados pelos georgianos de um lado e pelo povo tombigbee do outro". Os espanhóis do sul também odiavam os emigrantes. Agentes britânicos, operando a partir do Canadá e como convidados dos espanhóis em Pensacola, incentivaram os creek a se aliarem a eles contra os americanos e, de Detroit, enviaram ao Alabama um evangelista que só posso descrever como um antepassado direto do aiatolá Khomeini.

O chefe Tecumseh, um shawnee que era um guerreiro nacionalmente renomado, e seu profeta principal invadiram as aldeias creek pregando fogo e revolução. A descrição que Pickett faz de sua atuação na capital creek, Tookabatcha, durante um grande conselho indígena, é de arrepiar. Eis um resumo das palavras de Tecumseh: retornem a seus costumes primitivos, abandonem o arado e o tear; tornem-se guerreiros novamente; fiquem longe da raça branca gananciosa e sem princípios; quando tiverem derrubado suas belas florestas e poluído seus rios límpidos, eles os submeterão à servidão dos africanos; vistam-se novamente com peles de animais, usem o bastão de guerra, a faca de escalpelar e o arco; expulsem-nos e destruam-nos.

O profeta principal de Tecumseh também estava ativo. Ele fundou uma espécie de faculdade de adivinhação e formou profetas locais treinados em uma magia nova e poderosa. Embora a maioria bebesse avidamente a poção mágica, o Grande Guerreiro de Tookabatcha era cético. Tecumseh disse: "Vocês não têm intenção de lutar. Eu sei o motivo. Vocês não acreditam que o Grande Espírito me enviou. Mas vão acreditar. (...) Irei direto para Detroit. Quando chegar lá, pisarei com força no chão e farei cair todas as casas de Tookabatcha."

Os indígenas comuns, segundo Pickett, acreditaram em cada palavra da ameaça de Tecumseh e contaram os dias até sua chegada a Detroit. "Um dia", escreveu Pickett, "ouviu-se um forte estrondo vindo da terra, as casas de Tookabatcha balançaram e oscilaram, e balançaram de novo." Como se um terremoto oportuno não fosse o suficiente, os britânicos em Pensacola deram mais um incentivo à guerra: ofereceram aos indígenas dez dólares por cada escalpo.

Os *red sticks* – o grupo guerrilheiro, os fundamentalistas – lançaram-se em fúria por todo o Alabama. Famílias creek se dividiram (entre elas, a família de Alexander McGillivray) e lutaram entre si, além de combaterem os americanos. Foi só depois do massacre em Fort Mims, liderado pelo sobrinho de McGillivray, William Weatherford, que chegou ajuda do Norte.

Andrew Jackson, com seus homens do Tennessee, em Talladega, e o general Claiborne no sul, em Holy Ground – onde, aliás, a irmã de Alexander McGillivray foi encontrada amarrada a uma estaca cercada por uma fogueira, e onde seu sobrinho Weatherford, que a colocara ali, empreendeu sua famosa fuga – foram confrontos que começaram a anunciar o fim, que chegou, como todos sabemos, em poucas e furiosas horas na batalha de Horseshoe Bend, no condado de Tallapoosa.

A reunião de avivamento liderado por Tecumseh em Tookabatcha resultou na perda, pelos creek, de quase metade do que hoje é o Alabama e em sua remoção definitiva do estado.

Pickett encerrou sua história com a admissão do Alabama à União, em 1819. "A outra pessoa", escreveu ele, "mais apaixonada do que nós pelos detalhes áridos da legislação estadual e pelo feroz espírito partidário, deixamos a tarefa de trazer a história até um período mais recente."

Mas eu me pergunto se essa foi mesmo a razão. Acho que Pickett deixou seu coração em Horseshoe Bend. Não creio que tivesse ânimo para escrever sobre o destino final da nação creek, dos cherokee, dos chickasaw e dos chocktaw, destinos selados ainda durante sua vida.

History of Alabama, essa joia única de Pickett, agora jaz esquecida em antigas estantes de algumas famílias, foi descartada por bibliotecas, às vezes reaparece em vendas de segunda mão e certamente não é usada em nossas escolas. Na minha opinião, deveria estar em todas as bibliotecas de escolas do ensino médio do estado.

Não faço ideia do que os historiadores de hoje pensam de Albert Pickett – muito pouco, eu diria, pois sua história é composta de pequenos dramas dentro de um drama maior, grande parte dela extraída das lembranças daqueles que estiveram lá, de indivíduos cuja bravura e cujo sacrifício criaram o estado do Alabama. As técnicas modernas de pesquisa e as avaliações profissionais e objetivas eram desconhecidas por Pickett, assim como eram desconhecidas por seus contemporâneos Macaulay e Prescott, mas, afinal, quem ainda os lê?

Carta aberta a Oprah Winfrey

The Oprah Winfrey Magazine, 2006

7 de maio de 2006

Querida Oprah,

Você se lembra de quando aprendeu a ler ou, como eu, não consegue nem se lembrar de um tempo em que não sabia? Eu devo ter aprendido porque minha família lia para mim. Minhas irmãs e meu irmão, muito mais velhos, liam em voz alta para que eu não os importunasse; minha mãe lia uma história para mim todos os dias, geralmente um clássico infantil, e meu pai lia os quatro jornais que recebia toda noite. Depois, é óbvio, tinha o Tio Wiggily* na hora de dormir.

Então, cheguei ao primeiro ano já alfabetizada, com uma curiosa mistura cultural de história americana, romances, os *Rover boys*, *Rapunzel* e *The mobile press*. Sinais precoces de genialidade? Longe disso. Ler era uma conquista que eu compartilhava com várias outras crianças locais. Por que essa precocidade endêmica? Porque, na minha cidade natal, uma cidadezinha remota no início da década de 1930, os jovens não tinham muito o que fazer além de ler. Cinema? Raramente. – Filmes não eram para crianças pequenas. Um parque para brincar? Nem pensar. Estamos falando de ruas sem calçamento e da Grande Depressão.

Os livros eram escassos. Não havia nada que se pudesse chamar de biblioteca pública, estávamos a centenas de quilômetros de distância da seção de livros de uma loja de departamentos, então nós, crianças, começamos a circular material de leitura entre nós mesmas, até que cada uma tivesse lido todo o acervo das outras. Havia longos períodos de seca, interrompidos pelos livros novos de Natal, que reiniciavam o ciclo.

À medida que fomos crescendo, começamos a entender o valor dos nossos livros: um *Anne de Green Gables*

* Uncle Wiggily Longears é o personagem principal de uma série de histórias infantis escritas pelo norte-americano Howard R. Garis. O personagem é um coelho idoso que usa fraque e uma bengala listrada. As histórias foram publicadas originalmente em jornais e depois reunidas em livros. (N. *da* T.)

valia dois *Bobbsey Twins*; dois *Rover boys* valiam dois *Tom Swift*. O prazer estético ficava em segundo plano diante da emoção das trocas. O objetivo, ter uma coleção completa, só foi alcançado uma vez, por um indivíduo de ganância excepcional: ele trocou o carrinho de boneca da irmã.

Éramos privilegiados. Havia crianças, principalmente das áreas rurais, que nunca haviam aberto um livro até irem para a escola. Tinham que aprender a ler no primeiro ano, e nós ficávamos impacientes por terem que recuperar o atraso. Nós as ignorávamos.

E foi só quando nos tornamos adultos, alguns de nós, que descobrimos o que acontecia com os filhos dos nossos empregados afro-americanos. Em algumas das escolas deles, os alunos aprendiam a ler em um esquema de três para um – três crianças para um livro, que provavelmente era um livro escolar usado, descartado por uma escola primária de brancos. Raramente os víamos até que, mais velhos, fossem trabalhar para nós.

Agora, setenta e cinco anos depois, em uma sociedade de abundância, onde as pessoas têm laptops, celulares, iPods e mentes como cômodos vazios, eu continuo com meus livros. Informação instantânea não é para mim. Prefiro pesquisar nas estantes da biblioteca porque, quando me esforço para aprender algo, eu me lembro.

E, Oprah, você consegue se imaginar aconchegada na cama para ler em um computador? Chorar por

Anna Kariênina e ser aterrorizada por Hannibal Lecter, adentrar o coração das trevas com o sr. Kurtz, receber um telefonem de Holden Caulfield – certas coisas devem acontecer em páginas macias, não em metal frio.

A cidadezinha da minha infância se foi, e, com ela, a maioria dos colecionadores de livros, incluindo aquele espertalhão que trocou sua coleção completa de Seekatary Hawkins* por uma espingarda, que manteve consigo até que fosse recuperada por um pai furioso.

Agora somos apenas três e moramos a centenas de quilômetros uns dos outros. Ainda mantemos contato por meio de conversas telefônicas de tema recorrente: "Qual é o seu nome mesmo?" seguido de "O que você está lendo?"

Nem sempre nos lembramos.

Com muito carinho,
Harper

---

* Personagem principal de uma série de livros juvenis escritos pelo norte-americano Robert C. O'Brien na década de 1940. Trata-se de um jovem de uma cidade pequena que se vê envolvido em várias aventuras, muitas vezes relacionadas a algum mistério ou resolução de problema. (N. *da* T.)

A primeira edição deste livro foi impressa nas oficinas da
DISTRIBUIDORA RECORD DE SERVIÇOS DE IMPRENSA S.A.
para a EDITORA JOSÉ OLYMPIO LTDA., em setembro de 2025.

*

94º aniversário desta Casa de livros, fundada em 29.11.1931.